COLLECTION FOLIO

Henry de Montherlant

de l'Académie française

LES JEUNES FILLES

Le démon du Bien

Gallimard

Ce volume est le TROISIÈME
d'une série intitulée LES JEUNES FILLES

Cette série doit être lue
dans l'ordre suivant :

I. Les Jeunes Filles.
II. Pitié pour les femmes.
III. Le démon du Bien.
IV. Les Lépreuses.

ISBN 2-07-036193-4

Nescio; sed fieri sentio et excrucior.

Je ne sais... mais je sens cette chose
se faire en moi, et j'en suis crucifié.

Catulle, LXXXV.

NOTE

L'hebdomadaire parisien Candide *a publié, le 19 avril 1937, une interview de M. Henry de Montherlant dont nous reproduisons le passage suivant :*

. . . .

— Votre livre roule à peu près entièrement sur le mariage. Avez-vous voulu faire un livre contre le mariage?

— Si j'avais voulu faire un livre contre le mariage, je n'aurais pas mis les attaques contre le mariage dans la bouche d'un personnage aussi exceptionnel que l'est Costals, et aussi peu sympathique à une grande partie du public.

— Je ne vous poserai pas la question habituelle : « Costals est-il Montherlant? » mais cette autre question : « Jusqu'à quel point Costals est-il, dans votre esprit, le type de l'artiste? »

— Il ne l'est nullement. Il est « un artiste ».

— Admettez-vous du moins que Le Démon

du Bien *soit un roman dirigé contre le mariage des artistes?*

— Quelques-unes des raisons invoquées par mon héros, contre le mariage des artistes, me paraissent valables. D'autres ne le sont pas. Il semble qu'en principe le mariage ne doive pas convenir à l'artiste, mais il y a sans doute de nombreux cas où des artistes s'en sont trouvés bien. Il est difficile de le savoir, car, en matière de mariage, tout le monde ment : les gens mariés avoueront rarement qu'ils sont malheureux, qui serait avouer qu'ils se sont trompés; une complicité générale contribue à maintenir en vie cette étrange institution.

— Vous êtes beaucoup moins catégorique « contre » que votre héros. C'est dire que, encore une fois, vous vous désolidarisez d'avec Costals, comme vous l'avez fait dans les notes liminaires des Jeunes Filles *et de* Pitié pour les Femmes.

— Le personnage de Costals est encore plus différent de moi, dans Le Démon du Bien, *qu'il ne l'était dans ces deux volumes. Ce que j'ai mis de moi en lui ne regarde pas le public. J'ai assez souvent, dans mes livres, parlé en mon nom propre — assez de fois dit* Je! *— pour qu'on ne me juge que sur ce que j'ai exprimé sous la forme personnelle. Il n'y a pas à chercher à me reconnaître dans le personnage de Costals plus que dans le personnage de M. de Coantré, des* Célibataires, *par exemple, où cependant il y a pas mal de moi. Et, dans* Les Célibataires, *je suis aussi le « volier » des oies sauvages; on n'y a pas pensé.*

— *Beaucoup de personnes regrettent que vous ayez créé un héros si déplaisant...*

— *Je ne vois pas qu'on reproche à d'innombrables romanciers — les auteurs de romans policiers, entre autres — de présenter des personnages voleurs, criminels, etc., auprès desquels Costals est un petit saint.*

— *C'est que vous avez mis de vous-même, trop ostensiblement, dans Costals. Ne vous étonnez donc pas si le public vous cherche en lui, alors qu'il ne cherche pas M. Maurice Leblanc dans Arsène Lupin.*

— *D'une façon générale, le public prête toujours aux romanciers les idées que ceux-ci prêtent à leurs personnages. Quand j'ai donné pour épigraphe à* Pitié pour les Femmes *une parole que Tolstoï met dans la bouche d'un paysan des* Cosaques, *j'ai pris bien garde d'indiquer, après la référence à Tolstoï : « dans la bouche d'un paysan tchétchène ». Eh bien, la parole du personnage a été citée par quatre ou cinq critiques de* Pitié pour les Femmes *qui, tous, la prêtent à Tolstoï lui-même, alors qu'elle est on ne peut plus opposée à l'esprit de Tolstoï. A plus forte raison n'ignorais-je pas, en écrivant la série des* Jeunes Filles, *que le public aurait tendance à me confondre avec Costals. Mais je n'ai pas à me soucier de cette confusion : elle fait partie de l'* « *anecdote* », *cette moisissure qui se forme sur tous les livres : elle n'a rien à voir avec le livre. J'ajoute qu'il m'est tout à fait égal d'être confondu avec Costals par la partie la moins éclairée du public. Si le public me confond avec Costals, il fait erreur; mais il m'est égal qu'il fasse erreur cela ne me regarde pas. Si j'ai insisté et insiste sur le fait que je ne suis pas Costals, c'est par souci de marquer* ce qui est, *rien de plus.*

— Cette confusion a bien dû vous valoir, ici ou là, quelques blâmes sévères?

— Je n'ai pas été blâmé, à ma connaissance, par quiconque de qui l'estime m'importe.

— Vous avez écrit là des livres d'un ton fort différent de vos volumes précédents. Y *avez-vous pris du plaisir?*

— Sûrement, sinon je ne l'aurais pas fait. Mais je ne vous cacherai pas que je serai heureux, quand la série des Jeunes Filles *sera terminée, l'an prochain, avec* Les Lépreuses, *de passer à un autre « climat ». Il y avait en moi — en partie par réaction contre le personnage très moral qu'est le héros de* La Rose de Sable *— ce personnage de Costals, et je n'ai pas voulu le priver de la vie. Mais je serai content de retrouver avec mon ouvrage suivant* Les Garçons *(en plusieurs volumes, lui aussi), la même inspiration qui a dicté mes premiers ouvrages.* Les Garçons *ne sont pas un livre où l'on ricane; c'est, si j'ose dire, un livre religieux, quelque chose d'analogue, dans mon œuvre, à ce qu'est la plus longue des lames qui déferlent sur une plage... Il n'était pas dans mon dessein que* Les Jeunes Filles *fussent un livre de cette sorte. Il était dans mon dessein, au contraire, qu'elles eussent,*

de bout en bout, quelque chose de grinçant et de pénible. Et ce n'est pas sans peine que je me serai retenu, durant quatre volumes, de m'abandonner jamais, autrement que par courtes bouffées, au « chant profond », et que j'aurai réservé énergiquement un certain élan de moi-même pour des sujets plus dignes de respect et d'émotion que celui des Jeunes Filles. *A ce point de vue, j'ai dû, comme on dit dans le langage du sport, rester « à l'intérieur de mon action ». Mais il fallait qu'il en fût ainsi, pour que* Les Jeunes Filles *gardassent dans mon œuvre le sens que j'ai voulu leur donner.*

— Quel est donc ce sens?

— Je laisse au lecteur le soin de le découvrir. Mais il ne pourra le faire que dans quelques années.

— Ne craignez-vous pas que, dans ces conditions, des malentendus ne se forment entre le public et vous? Le public n'a pas le temps de chercher le sens voilé d'un roman qu'il lit.

— Et l'auteur n'a pas le temps de le lui expliquer, si l'œuvre a quelque complexité et quelque profondeur. Ou, plutôt, il a mieux à faire. Durant le temps qu'il expliquerait son œuvre, il peut travailler à une autre œuvre, et c'est ce travail-là qui est la tentation du créateur; il peut, surtout, vivre, *et* primum vivere. *A la critique d'expliquer les œuvres. Si elle ne le fait pas, ou si elle le fait de travers, tant pis, le public se débrouillera comme il pourra.*

— C'est pourquoi je vous ai posé quelques questions à l'usage des lecteurs de Candide. *Le malentendu sera sans doute moins grave.*

— L'important, c'est que l'œuvre existe. Pour le reste, il faut toujours en revenir au mot de Baudelaire : « Le monde ne marche que par le malentendu. C'est par le malentendu que tout le monde s'accorde. Car si par malheur on se comprenait, on ne pourrait jamais s'accorder. »

— Mais on dirait parfois que vous prenez plaisir à envenimer le malentendu entre vous et votre public?

Henry de Montherlant fait un geste évasif...

. . . .

PREMIÈRE PARTIE

Scoronconcolo, donnez-moi mon grand manteau de lumière. Je veux me promener dans un jardin, dont l'ombre m'agrandisse les yeux. Surtout, je ne veux pas travailler. A aucun prix.

Sur la route de Bagatelle nous nous arrêterons aux lacs, pour y voir des animaux. Nous aimons les animaux, parce qu'ils ne mentent pas. C'est pour cela que l'homme les a mis en esclavage : ils lui rappelaient la vérité.

Qu'une vie est heureuse, quand elle commence par l'ambition, et finit par n'avoir plus d'autres rêves que celui de jeter du pain aux canards! Les voici, traînant sur l'eau derrière eux de longs triangles, toute leur géométrie particulière, qu'ils mêlent aux géométries tracées par leurs copains; et l'eau se bombe doucement sous la pression de leur gorge ronde. Certains d'entre eux ont une petite lanterne verte à la place de tête. Comme ils sont beaux quand le caprice les prend d'être joyeux, quand ils se dressent et, se tenant droits sur leurs queues, frappent des ailes avec enthousiasme : on dirait des députés en train de feindre l'indignation. Soudain ils plongent, et ne laissent plus à l'air qu'un croupion goguenard. Cette position est un peu indécente quand ce sont les cygnes qui la prennent. Mais chez les canards elle ne tire pas à conséquence, parce que les canards sont plus petits.

Un souvenir, en passant, aux macreuses du lac de Tunis. Elles, elles font une petite pirouette quand elles se laissent balancer par la houle légère. On sent combien ça les amuse de s'abandonner, en même temps qu'on devine leur pensée de derrière la tête, qui est de ressembler à des macreuses en celluloïd, honneur des baignoires bien nées.

Mais je n'en ai pas fini avec les canards. Comme ils sont gentils quand ils volent! Comment peut naître chez un homme (hormis s'il a faim) le geste de les mettre en joue? La vue de leur libre bonheur nous guérirait d'une peine intime, si nous en avions une, mais heureusement nous n'en avons pas. Ils volent vite, s'efforçant de rattraper les canards d'initiative, qui ont choisi et imposé une direction au vol : je crois bien qu'ils vont quelque part porter une bonne nouvelle. Puis, les ayant rattrapés, tous volent sur une ligne. D'évidence, ils sont fiers de leur alignement impeccable. Ils ont trop d'esprit pour chercher à se dépasser les uns les autres. Ils laissent cela aux hommes.

... Bagatelle. Ces longues heures dans un jardin, c'est peut-être encore ce que nous aurons eu de meilleur dans la vie; voilà au moins qui vous allège les paupières. Et qu'on ne me parle plus des êtres adorables; ma féerie du moment est d'être débarrassé d'eux. Aujourd'hui je m'abandonne aux fleurs et aux feuilles, qui me font la grâce de ne pas m'aimer, et le lait du jour est dans ma bouche. C'est la belle heure où l'âme, rassasiée, rêve au temps où elle aura de nouveau soif.

Cette disposition n'est sans doute pas celle de mon cher confrère Pierre Costals, que le diable emporte. Je l'aperçois dans une allée, flanqué d'une fort jolie fille en grand deuil; cette jeune personne vient apparemment de perdre son père ou sa mère, magnifique aubaine pour un gigolo : quelle femme, en pareille circonstance, n'aurait pas besoin d'une détente? Costals pérore, comme s'il faisait une conférence. Elle, elle va (quelle jolie démarche! longue, si naturelle...), les yeux fixés sur les pointes de ses souliers. Me voici à trois mètres derrière eux; il serait doux de surprendre un mot que je pusse un jour tourner contre lui. Mais ils s'arrêtent sous une arche de rochers. Étreinte. J'entends : « Cloc... cloc... cloc... » Je me rappelle ce vers de jeunesse de Costals :

Les baisers des amants sont des bouses qui
[tombent.

La ressemblance ne m'avait jamais frappé. Eh bien oui! mon cher confrère. C'est tout à fait ça.

Laissons-les. Les armes contre lui, elles sont dans son œuvre. Je reconnais qu'il a du talent. Mais il m'agace, rien à faire contre cela. En fin de compte, mes sentiments à son égard? J'attends qu'il meure.

Deux heures. Le jardin se repeuple. Un organisme sain, et que tout d'un coup les microbes envahiraient. Je veux aller là-bas; j'y vois un homme. Revenir sur mes pas; là aussi, du monde. Je suis cerné. Même du côté où je ne vois personne, quelqu'un, derrière un bosquet, siffle à tue-tête, et, invisible, m'oppose encore avec ce bruit sa conception de l'univers, qui est toute vulgarité. De tous les points du jardin, des gens arrivent. Je ne suis pas de leur espèce. S'ils s'en aperçoivent, que me feront-ils? Je songe à ces petites divinités des bois, des sources, restées sur terre quelque temps encore après l'avènement du christianisme, et toujours aux aguets. Nul mythe ne m'a jamais touché davantage.

Avant de sortir, pour garder quelque chose du jardin, je ramasse un caillou, frais comme le cou dans la jeunesse. Mais je ne sais pas pourquoi je le ramasse, puisque dans trois minutes je vais le jeter. Peut-être simplement pour pouvoir le jeter.

En sortant, je croise une jolie jeune fille, assise dans une allée, au bord du gazon juteux. Elle fume, et elle lit la cote Desfossés. Mon visage, qui s'était détendu, se retend. Des rides, que la lueur sortant des feuillages avait effacées, réapparaissent. Il faut rentrer parmi les hommes, il faut recommencer à haïr. Scoronconcolo, reprenez mon grand manteau de lumière.

Après avoir déjeuné avec Solange dans un restaurant du Bois, Costals l'avait emmenée à Bagatelle.

Dès leur seconde rencontre, en mai, il lui avait dit sa surprise qu'une jeune fille, jolie comme elle, ne fût pas mariée. Réponse : elle avait été demandée plusieurs fois, mais n'épouserait qu'un homme qui lui plairait. Costals savait combien il était imprudent de parler mariage le premier, et c'était par goût de l'imprudence qu'il l'avait fait. On connaît le mot célèbre de Sénèque sur la femme : *animal impudens*. Ajoutez une lettre et vous avez l'homme : *animal imprudens*. Ensuite, de mariage il n'avait plus été question.

Aujourd'hui encore ce fut lui qui aborda à brûle-pourpoint ce sujet :

— Le mariage sans divorce, le mariage chrétien, est, pour l'homme, une monstruosité. La contre-nature même. Le génie de l'homme est de se lasser par l'habitude : on veut qu'il reste fidèle à une femme qui, chaque mois, perd un peu plus d'attrait. Un mari de cinquante-cinq ans, s'il n'est pas un abruti, est dans la force de l'âge : peut-il se suffire d'une femme de cinquante ans, à moins d'être vicieux? Le fait-il par devoir, la nature renâcle : il a des ennuis de santé. Tous les médecins intelligents que je connais conseillent à un homme de cet âge, s'il a du tempérament, d'être infidèle. On multiplie, à la base du mariage chrétien, les offenses à la raison et à la nature, ce qui est d'ailleurs l'esprit même du christianisme : *quia absurdum*. On croirait que le dieu « jaloux » a voulu que l'homme fût malheureux, et l'a créé bête, pour que sa bêtise lui fît chercher de propos délibéré les conditions de son infortune. En ce qui me concerne, je vous dirai ceci. La limite d'âge, pour qu'une femme soit désirée de votre serviteur, est, en haut, de vingt-six ans environ. Quant à la limite d'en bas, mieux vaut n'en pas parler. Un naturaliste arabe d'autrefois, que de pareils traits ont avec raison rendu classique, écrit que le lièvre change de sexe tous les six mois. Pour moi, à vingt-six ou vingt-sept ans, une femme change de sexe, devient autre chose qu'une femme, devient quelque chose qu'on ne désire plus. Croyez-vous que j'aurais envie de vous embrasser, et à plus forte raison *et cætera*, quand vous aurez cinquante ans? Sans parler de la transformation morale : une femme, après le mariage, peut changer moralement, comme elle change physiquement, devenir un autre être, comme un garçon peut devenir à seize ans un autre être que celui qu'il était à quatorze. Il faut s'embarquer en plein inconnu.

Une petite fille sauta d'un banc, brusquette, comme un oiseau s'envole d'une branche.

Si continûment qu'elle roulât dans sa tête l'idée de mariage, Solange était on ne peut moins préparée à répondre à ces raisons avec des arguments sensés. Elle écoutait, le visage assez contraint, sans rien dire. Il poursuivit :

— Un homme moyen peut se marier. Un homme un peu exceptionnel, qui se marie, gare! Le mariage des grands hommes, c'est leur part inavouable. Une femme est une cause de soucis, et un homme exceptionnel doit avoir l'esprit libre. Un écrivain, par exemple, doit pouvoir doser ce qu'il reçoit de la vie, ouvrir ou fermer à volonté le robinet vie et le robinet travail. L'un d'eux [1] écrivait, à peu près : « Ce qu'il me faudrait, ce sont des journées planes, et si vides, si vides, que l'amour et l'amitié même ne pourraient y entrer qu'en les dérangeant. » Ces journées si vides, pour la réflexion, la conception et la création. Et non pas, certes, comme le demandait Flaubert avec excès, des journées toujours vides. Mais des journées vides *à son heure*. Pour cela, il faut ne dépendre de personne, ne cohabiter avec personne, n'avoir pas d'affaires. Un créateur

1. Émile Clermont.

devrait pouvoir, dans le mariage, arriver à *oublier* sa femme et ses enfants. Cela n'est pas possible, et d'ailleurs, s'il se marie pour oublier qu'il est marié, à quoi bon? J'ai cohabité trois fois avec des femmes. Avec les trois je me suis brouillé rapidement, du jour de la cohabitation. Cela est aussi automatique que de se brouiller avec l'ami auquel on a prêté de l'argent. Ensuite, je ne puis me sentir enchaîné. Aller séjourner à l'étranger, prendre part à une expédition lointaine, me retirer dans une retraite religieuse, je peux ne pas faire ces actes : j'ai besoin de sentir que rien ne m'empêche de les faire. Ce qui me fixerait me tuerait; chez moi, il n'y a que mon œuvre de fixée. Je supporterais mille fois plus d'un bâtard non reconnu que d'un enfant légitime, d'une maîtresse que d'une épouse, parce que c'est le caractère légal, obligatoire, du lien, qui me rend fou.

— J'admets à la rigueur qu'un homme de votre espèce puisse se passer du mariage. Mais l'absence d'enfant me paraît plus grave, surtout lorsque, comme vous, on n'a eu ni frère ni sœur.

— Si je voulais vous parler un langage un peu prétentieux, je vous dirais : la vie est mon épouse, et les livres que je tire d'elle sont mes enfants. Dans un esprit identique, Barrès a dit de Napoléon : « Ses filles étaient ses victoires. » Et plût au ciel que Napoléon n'ait eu d'autre famille que celle-là! Autre chose, une des raisons pour lesquelles, aujourd'hui, je ne ferais pas un fils (car, une fille, n'en parlons pas : je me tuerais), c'est que je crois que, dans le monde où nous vivons, je n'aurais pu avoir un fils qui fût tel que je l'aurais voulu. Il aurait bien fallu qu'à un moment l'ignominie du siècle déteignît sur lui. Et qu'aurais-je fait, alors, devant ce fils qu'il eût fallu mépriser? Je l'aurais haï, d'une haine incroyable. Je n'ai pas voulu risquer cela.

C'était vrai qu'à vingt ans, lorsqu'il avait eu Philippe, il n'avait pas d'œuvres, non plus qu'assez d'expérience, ni de rigueur peut-être, pour être arrêté par les risques qu'il courait. Le hasard avait voulu que Philippe tournât bien. Mais il ne faut pas jouer avec le miracle.

— Pourtant, dit Solange, les hommes qui se louent du mariage sont nombreux, même parmi les gens célèbres (elle confondait hommes célèbres et hommes exceptionnels!)

— Les faibles de caractère et les simples d'esprit auront toujours à se louer du mariage. Songez encore à ceci : ceux qui défendent le plus le mariage, en paroles, sont souvent ceux qui en souffrent le plus. Ils feignent le grand bonheur, crainte d'être percés et plaints.

— Aujourd'hui vous êtes jeune. Mais ne croyez-vous pas qu'à un moment, plus tard, vous sentirez le besoin d'une présence qui vous réconforte aux heures de découragement?

— Vous vous faites une idée bourgeoise du monde, selon laquelle il est indispensable que les hommes aient des heures de « découragement ». Croyez qu'il y a des hommes qui non seulement ne savent pas ce qu'est le « découragement », mais n'ont même aucun repère pour imaginer ce qu'il peut être. Moi, par exemple, je n'ai jamais le moindre besoin d'être étayé (sauf si je suis atteint dans mon corps, bien entendu). Je me repose dans ma création; c'est ma création qui est ma santé; c'est elle qui me délivre et me délasse. Je n'ai pas besoin d'être deux; plus exactement, il n'y a qu'une circonstance, une seule, où j'aie besoin d'un autre être que moi : le plaisir. Autrement, quand je suis ou me représente auprès d'un être, je me sens diminué. Et enfin, supposé que j'eusse des heures difficiles, je trouverais ma consolation ou en moi-même ou dans l'enseignement des grands sages. Ou dans l'acte sexuel, la plus forte des consolations, mais il n'y a pas besoin d'une épouse pour cela, que je sache. Je me demande vraiment où une jeune femme pourrait trouver le pouvoir de me consoler, ailleurs que dans son corps! Non, voyez-vous, je n'ai que mépris pour le mariage conçu comme un acte de garantie entre pauvres gens incapables chacun de se mesurer seul avec les « difficultés de l'existence » : des pénuries frissonnantes qui ont besoin de se réchauffer l'une à l'autre... S'il est cela, tant mieux : ne jetons la pierre à rien de ce qui soulage. Mais redisons alors ce que je vous disais au début : qu'il n'est fait que pour les hommes médiocres. Et qu'on n'en parle plus aux autres.

— Des myriades et des myriades d'hommes, depuis que le monde existe, ont trouvé refuge dans une femme. Vous ne pouvez rien contre cela.

— Je peux tout, contre, puisque je peux le nier par mes actes. A chacun sa destinée; la mienne n'est pas là. J'ai toujours aimé fraternellement ce Sisara dont l'histoire nous est contée au quatrième livre des Juges. C'est un général des Méchants, et fuyant, poursuivi par les Hébreux, il se réfugie chez Jaël, la femme d'un roi allié. Jaël sort de sa tente et lui dit : « Entrez, Seigneur, entrez chez moi; n'ayez crainte. » Il entre chez elle, et s'étend, harassé, et elle le recouvre d'un manteau. Et il lui demande un peu d'eau, car il est dévoré par la soif. La Bible dit bien « un peu d'eau », et quand je songe à cette requête si modeste, je pleure un petit brin; si vous ne me voyez pas pleurer, c'est que je le fais intérieurement. Sisara s'endort, et Jaël, prenant un des pieux de la tente, et un maillet, lui cloue la tête au sol, de la tempe à la tempe. Sisara m'est fraternel, d'être haï, et d'avoir si soif, qui est à mes yeux la soif à la triple langue, ma soif, c'est-à-dire la soif des trois connaissances, et son sort serait le mien, si je cherchais refuge auprès d'une femme : elle me réduirait le cerveau en bouillie, car la femme hait le cerveau de l'homme, toujours, et il y a une phrase de Mme Tolstoï sur son époux, si révélatrice du féminin, et si profonde dans ses deux termes, qu'elle mériterait elle aussi qu'on la recueillît d'un des Livres saints : « Je ne puis le supporter, parce qu'*il ne souffre pas*, et parce qu'*il écrit.* » Les docteurs catholiques, du moins ceux du jansénisme, où je l'ai lu, disent que Sisara est une des figures du Démon. Ce qui se peut, si l'on considère sa soif; mais je doute par contre que le Démon ait pu jamais se confier à une femme, puisqu'il est essentiellement tout Intelligence.

— Vous n'avez pu vous retenir d'avouer que, lorsque vous êtes atteint dans votre corps, vous avez besoin d'une aide. Quand vous serez vieux et infirme, vous serez bien content d'avoir une épouse qui vous prépare vos cataplasmes!

— Je souhaite que vous disiez cela comme un perroquet, et non en réfléchissant à ce que vous dites. Car, si vous le disiez avec réflexion, je ne ferais pas grand cas de vous. O belle victoire pour une femme, d'être appelée enfin par un cacochyme! Du même tonneau que la victoire de l'Église, quand l'incroyant dans le coma accepte de voir un prêtre. Eh bien oui, quand je serai vieux et ruineux, je me marierai peut-être. Et après? Il ne s'agira pas de ne faire qu'un corps et une âme, et patati et patata, mais de donner la satisfaction d'un état à une garde-malade dévouée. Et rien de ce que je pense du mariage n'en sera infirmé.

Ils étaient au milieu des parterres de roses, un peu cacochymes elles-mêmes en cette fin de juillet. Il reprit :

— Chaque beauté, chaque chose réussie, l'homme s'ingénie à la gâcher, même quand elle est sa création; tout à l'heure, j'ai entendu bruire une eau lointaine, nous y sommes accourus : au-dessus de l'eau il y avait une statue, et, une statue qui n'est pas belle, on devine assez ce que cela peut être. Si je vois un banc, il n'a pas de dossier; et pour construire un banc sans dossier, il faut savoir bien peu ce qu'est le repos. Et maintenant regardez ces roses, et je vous dirai ensuite en quoi elles me rappellent le mariage. Chaque rose a une plaque d'identité, avec un numéro matricule, son nom français, son nom latin, et la référence à une « planche », car nous sommes toujours à l'école. Je remarque qu'aucune rose ne porte un nom de poète. Mais il y a la rose « Président Carnot », lourde comme un cœur en peine : elle évoque ces villages algériens qui s'appelaient en arabe « la tête de l'eau » ou « le repos des pigeons », et qu'on a débaptisés pour les nommer « Ernest Renan » ou « Sarrien ». Dans cette oasis qu'on croyait créée pour la détente et la jouissance, ces étiquettes nous replongent en pleine marmelade sociale. La rose « Honorable X... » nous invite à de délicats problèmes moraux, comme celui de nous demander en quoi consiste au juste l'honorabilité. La rose « Entente Cordiale » nous oblige malgré nous à des gestes fâcheux, tels que celui d'examiner si elle ne se serait pas flétrie (la rose). La rose « Mme X... » (une actrice connue) nous force à faire une comparaison entre Mme X... et une rose. Je pense qu'une fois sur ce terrain il faut y aller carrément, et je propose que les noms des personnes qui figurent sur les étiquettes soient accompagnés désormais de leurs titres honorifiques, décorations françaises et étrangères, etc., sans oublier, le cas échéant, le signe d'une automobile, comme on le trouve dans les bottins, ni la mention H P pour un hôtel particulier.

— Et quel rapport y a-t-il entre ces roses et le mariage?

— L'homme gâche l'amour par le mariage, comme il a gâché ces roses par l'embrigadement. L'amour est gâché non seulement par le mariage, mais par la seule possibilité du mariage. Le spectre du mariage, agitant ses chaînes — les chaînes du mariage, il va sans dire! — empoisonne tout amour avec une jeune fille. A l'instant où je me dis que je pourrais... non, je ne veux même pas prononcer ces mots... mon amour pour vous s'affaiblit, comme sous l'effet maléfique d'un charme. Si je chasse cette idée funeste, aussitôt il se redresse et pète du feu. Non, la seule manière de faire d'une chose folle, telle que le mariage, une chose à peu près sensée, serait de permettre le divorce à la volonté d'un des conjoints, sans justification de sa part. Un prêtre a le droit de quitter la soutane, après le noviciat, s'il ne se sent pas la vocation du mariage mystique. Le mariage ordinaire est lui aussi une vocation, et il faut en avoir tâté pour savoir si on l'a. Je me serais bien marié si j'avais été sûr de pouvoir rompre sans avoir à donner d'explications, après un essai de deux ans, par exemple.

— Un bail deux-quatre-six. Ou à la six-quatre-deux, plutôt!

La balle d'un gosse qui jouait fit, en tombant, se lever un petit panache de poussière. « Il y a un obus qui a éclaté! » cria le gosse, qui avait sept ans peut-être. Où avait-il vu des obus? Au cinéma? Ce qu'il y a dans l'imagination d'un petit Européen 1927.

— Il y a un autre cas où je serais prêt à me marier. En cas de catastrophe, guerre ou révolution sanglante. Alors, comme tout est foutu, un peu plus, un peu moins. Si ça doit faire tant de plaisir que ça à une donzelle, bouclons le ceinturon mais passons par la Mairie. Si demain la guerre éclatait, je vous épouserais peut-être.

Il y avait par terre des écorces de bambou (du moins je les nomme telles), blanches, lisses, polies, faites expressément pour qu'on y inscrive des pensées profondes. Il y avait un oiseau... (eh bien, mon petit oiseau, fournis-moi donc une comparaison littéraire! Ah oui...) un oiseau, au centre d'un arbre rond, comme le feu au centre d'une lanterne vénitienne. Il y avait un feuillage frappé de soleil, un soleil de feuillage, et on vit un homme l'emporter dans ses bras. Il y avait des corbeaux, importants, acariâtres, qui avaient quelque chose de l'homme. Il y avait un moineau qui se gargarisait sur le rebord du bassin, et d'autres moineaux, couchés dans la poussière comme des bœufs. Il y avait un goéland qui écoutait son cri (mais était-ce bien un goéland?). Il y avait de petites grenouilles, qui par la forme de leurs corps faisaient penser à des athlètes français sélectionnés pour les Jeux Olympiques. Les feuilles mortes couvrant la surface du bassin, là-dessous les poissons ne devaient plus voir clair, les pauvres. On leur avait construit un faux rocher surplombant, pour qu'ils s'abritent dessous quand il pleut.

SOLANGE DANDILLOT
Paris

A PIERRE COSTALS
Paris.

28 juillet 1927.

Mon ami,

Je me résous à vous écrire, renonçant à trouver le courage de vous parler. Lorsque vous êtes présent, vous me paralysez, je perds toute initiative, et cependant nos rencontres si fréquentes, le fait qu'on nous voie ensemble, les échos indiscrets qui peuvent en résulter, me montrent qu'il ne faut plus reculer une explication devenue indispensable. Je vous demande votre indulgence si je ne sais pas mieux exprimer mes sentiments par écrit que de vive voix.

Pour surprenant que cela doive vous paraître, je suis une vraie jeune fille. C'est sans doute ridicule, périmé, mais c'est ainsi. Si nous continuons à nous voir, à sortir ensemble, on ne manquera pas de dire que nous sommes fiancés (je me refuse à imaginer une autre explication). S'il s'agissait de votre sœur, que lui conselleriez *(sic)*-vous? Que penseriez-vous d'un homme qui aurait vis-à-vis d'elle cette attitude?

Que décider? Cesser de nous voir? Ce serait bien dur. Ne pourrions-nous trouver un moyen de concilier votre répugnance pour le mariage, et mes scrupules? Pourquoi ne tenterions-nous pas une sorte de liaison légale, avec une simple formalité civile, sans avis à qui que ce soit (sauf ma mère et mes grands-parents, bien entendu), une union provisoire, puisque vous ne pouvez supporter l'idée de durée? Pas de cérémonie religieuse; je respecte trop l'Église pour la mêler à une parodie de mariage. Et je vous assure que je sortirais de votre vie, le jour où je vous pèserais, aussi silencieusement que j'y suis entrée. Le bail deux-quatre-six, et rien de plus.

Voilà! Je ne sais plus que vous dire, et c'est avec angoisse que je vais attendre votre réponse, mais je suis certaine que l'honnête homme que vous êtes ne la différera pas trop. Je vous laisse, mon ami très cher, et vous assure de ma tendre affection.

Solange.

Dès sa première rencontre avec Costals, chez les Doigny, le 1er mai, Mlle Dandillot avait songé au mariage. Elle n'avait jamais imaginé le mariage qu'avec un homme qui lui plût; autrement, il lui faisait horreur. Aucun homme ne lui avait plu jusqu'alors, et elle attendait avec tranquillité cet envoyé du ciel. D'ordinaire, une femme commence par aimer l'amour, l'univers, la nature, Dieu, ensuite elle s'aperçoit que c'est d'un seul être qu'elle a besoin. Solange n'avait rien aimé, ni personne, — que sa mère. Sans plus de besoins du cœur que des sens, parfaitement heureuse dans cet état, elle acceptait très bien qu'il pût durer toujours. Mais elle vit Costals et, sentant qu'elle lui plaisait, et qu'il lui était sympathique (oh! rien du coup de foudre!), elle se dit : « Pourquoi pas? »

Elle avait aussitôt parlé à sa mère : oui, dès le premier jour! telle était leur confiance mutuelle. Joie de Mme Dandillot : « Enfin un homme lui a plu! Et, comme elle n'attendait que ça... » Cela valait qu'on passât sur les traverses : la différence d'âge, le fait que Costals fût un écrivain, et par là pût entraîner Solange dans un milieu où elle ne serait tout à fait à sa place ni par sa culture assez médiocre ni par ses goûts. Peu vaniteuse, Mme Dandillot avait été flattée cependant qu'un homme célèbre... (et la vanité avait joué aussi dans le premier mouvement de sa fille, qui bientôt devait faire place au sentiment contraire : regret que Costals fût écrivain, regret qu'il fût célèbre). Très éloignée des choses littéraires, n'ayant rien lu de Costals, Mme Dandillot ignorait qu'il passât pour être un peu vif de mœurs.

En revenant de chez les Doigny, il lui avait fait compliment d'être si simple : « Cette bague de petite fille! » Solange était simple, en effet, mais elle se l'était tenu pour dit. La semaine suivante, invitée par ses soins chez les Piérard, et « s'habillant » davantage que pour les Doigny, car c'était une réception beaucoup plus élégante, et chez des gens qu'elle ne connaissait pas, elle avait renoncé à porter une belle broche de famille, qui d'ordinaire faisait partie de cette toilette. Et même, alors que chez les Doigny elle avait un peu de rouge, cette fois elle n'en avait pas mis; il lui avait suffi de se mordre les lèvres pour y faire venir le sang, et de rester une minute tête baissée sur le palier (feignant d'arranger son bas) avant de pénétrer dans l'appartement. Elle s'était toujours, depuis lors, tenue de court à ce mimétisme, dans le petit comme dans le grand. L'avantage de son inconsistance était que, ayant un peu de tout en elle, il lui était facile d'en extérioriser cela seul qui plaisait à Costals, et de mettre en veilleuse le reste.

A l'Opéra-Comique, dans la baignoire (11 mai), elle n'avait pas fait un geste, paralysée par la timidité. Mais si, ce geste, Costals l'avait fait, il est douteux qu'elle se fût cabrée. Dès ce moment elle avait passé sur l'impertinence de sa première lettre, sur sa façon de la traiter un peu en grue, à la fois parce qu'elle l'aimait assez pour supporter quelque chose de lui, parce qu'elle voulait se l'attacher, et parce que, comme sa mère, elle avait peu de fierté. Elle n'avait pas montré cette lettre à Mme Dandillot, crainte que celle-ci n'en prît une mauvaise impression de Costals, mais c'était d'accord avec elle sur le sens de sa réponse, qu'elle lui avait téléphoné qu'elle acceptait volontiers de le revoir. Elle feignait de ne pas comprendre ce qu'il voulait dire. Mais elle le comprenait fort bien, quoique sans précision : car elle aimait le vague, comme toutes les femmes, qui y font leur nid.

Dans cet état, les caresses de Costals, pourtant simples, au concert, avaient été pour elle une surprise. Il l'avait embrassée, en public; il avait baisé sa cuisse à travers la jupe, remonté la jupe et caressé ses cuisses nues. Cette fille qui jusqu'alors n'avait jamais été embrassée sans remettre à sa place l'audacieux, qui jamais n'eût toléré la moindre approche, en avait été bouleversée. C'est au retour, on s'en souvient, qu'elle avait eu une sorte de crise nerveuse, et vomi : de ce soir-là elle l'aima (16 mai). Il lui avait fallu quinze jours pour se mettre en train.

Au Bois, le soir de leur première étreinte (22 mai), elle ne fut pas davantage à lui qu'elle ne l'était déjà, bien qu'un peu choquée (contrairement à ce qu'elle lui dit plus tard), par certaine caresse qu'il lui avait faite. Elle dit à sa mère qu'il l'avait embrassée, et tourna court sur le reste. C'est de ce jour qu'elle arrêta la politique qu'elle suivrait pour se faire épouser : ne parler jamais de ce mariage, attendre qu'il en parlât, afin de pouvoir toujours lui dire : « Mais qui a parlé de mariage le premier? » Elle avait assez de candeur pour ne douter pas qu'il le ferait un jour, qu'elle croyait beaucoup plus proche qu'il ne le fut en effet, et se connaissait assez patiente de nature pour penser pouvoir attendre ce jour sans trop de peine.

Comme il est d'usage en pareil cas, les deux femmes, aussi longtemps qu'elles l'avaient pu, n'avaient soufflé mot de tout cela à M. Dandillot. Pendant quinze jours le nom de Costals ne fut pas prononcé devant lui; ensuite il fallut bien dire qu'ils sortaient ensemble, et M. Dandillot pointa les oreilles. On parla projets. Costals fut invité à déjeuner.

M. Dandillot s'était tout de suite accroché

avec Costals. Il avait donné son adhésion aux projets. Il n'en avait rien dit à l'écrivain, au cours de leurs deux conversations, pour des raisons multiples. Ce célibataire-né, qui s'était marié « parce que tout le monde le fait », et qui n'en avait eu que des ennuis, qui en outre était de beaucoup le plus intelligent des trois Dandillot, flairait que Costals n'était pas de la graine d'époux. De plus, il n'aimait pas beaucoup sa fille, qu'il avait eue par maladresse, en un temps où il s'était bien juré de n'avoir plus d'enfants, son fils l'inquiétant fort. Disons-le, il la jugeait sotte, ce qui était faux, ou tout au moins insignifiante, ce qui était faux aussi : personne n'est insignifiant. S'il avait abordé avec Costals la question mariage, il lui eût dit : « Primo, vous n'êtes pas fait pour le mariage. Secundo, supposé que vous le fussiez, ma fille ne serait pas ce qu'il vous faut. Tertio, je serai mort dans quelques semaines. Les miens m'ont assez cassé la tête durant trente ans : je me lave les mains de ce qui se passera après moi. Ma femme et ma fille souhaitent ce mariage. Vous, vous avez l'âge de le peser. Débrouillez-vous sans moi. » Ce *tertio* avait emporté jusqu'aux deux premières raisons, et il s'était tu.

M. Dandillot était mort sans une parole un peu grave à sa femme ou à sa fille. Pas une recommandation suprême. Pas un conseil. Pas un mouvement de tendresse. Pas une lettre posthume. Retranché dans la solitude et dans le silence qu'il avait gardés durant vingt ans, ne laissant pas même une indication sur ses affaires, si bien que c'était par hasard, en rangeant ses papiers, que Mme Dandillot avait appris l'existence d'un coffre en banque où il avait de l'or. Quand Mme Dandillot lui avait demandé, deux jours avant sa fin : « Vous consentez toujours à ce que Solange épouse Costals, s'il y vient? », il avait dit seulement : « Qu'elle fasse comme elle veut », tout de même que, le surlendemain, quand elle avait supplié : « Je vous en prie, acceptez de voir un prêtre », trop faible alors pour parler il s'était contenté de lever un peu les bras et de les laisser retomber sur le lit, dans un geste de résignation.

Depuis leur première étreinte, au Bois, jusqu'à ce jour de Bagatelle où nous venons de voir Costals, pour la première fois, admettre que dans certaines circonstances il pourrait l'épouser — guerre ou révolution, — en passant par le jour où il l'avait rendue demi-vierge (25 mai), et le jour où il l'avait rendue femme (24 juin), Solange s'était tenue à sa politique, de ne parler jamais mariage à son ami. Son habileté avait été de lui accorder sans chichis tout ce que lui eût accordé une femme facile, et pour le reste d'être ce qu'elle était : une petite un peu vieux jeu. Ainsi elle avait satisfait Costals, à la fois dans sa fringale charnelle et dans son « rigorisme ». Elle s'était montrée à lui double, grue et fille du monde, et on ne l'intéressait que lorsqu'on était double (double étant un minimum); elle s'était présentée à lui comme une contradiction, ce qui était la meilleure façon de l'allumer : il l'avait crue de son espèce.

Ce qu'elle éprouvait pour lui semble avoir été moins de l'amour que la possibilité de l'amour. Répugnant aux situations irrégulières et aux cachotteries, elle attendait, pour rendre bride à son amour, de voir ouverte devant elle une piste où elle pût s'engager à fond. C'est dans ce même sentiment qu'elle n'avait pu se résoudre à lui dire *tu* : elle ne voulait pas dire *tu* à un homme qui, l'abandonnant peut-être un jour prochain, deviendrait pour elle un étranger; elle lui dirait *tu* lorsqu'il lui aurait passé la bague de fiançailles. Elle s'était donnée à lui par affection, aussi dans l'espoir que par là elle se l'attacherait. Ce qui était bien vu : si elle avait joué l'autre carte, et s'était roidie pour le mettre en feu, il se fût laissé glisser hors de tout cela : il n'était pas quelqu'un que les femmes faisaient marcher. Des caresses de sa tendresse elle avait éprouvé un plaisir bouleversant au début, lorsqu'elles étaient chastes ou presque, moins vif lorsqu'elle reconnut que cette tendresse n'était d'ordinaire que le prélude et comme la mousse du désir. Des caresses de sa volupté elle n'avait jamais éprouvé nul plaisir : elle était froide de nature, puisque jeune fille, et froide d'hérédité, si on veut; son père et sa mère étaient froids. Ainsi, en quelque sorte, elle tenait son amour suspendu. C'était un peu l'attitude de Costals à son égard, en de certains moments, lorsqu'il se disait qu'il serait, à volonté, plus ardent à mesure qu'elle deviendrait plus ardente, ou plus indifférent qu'elle, si elle choisissait de se détacher.

Elle était convaincue que ce mariage se ferait. Sa mère doutait, plus avertie, et qui entre temps avait lu les ouvrages de Costals. Mais non pas tous, si grande est la légèreté des gens : cette femme était prête à donner sa fille à un homme, et elle n'avait pas l'idée de lire, et de lire avec la dernière réflexion, l'œuvre entière de cet homme, qui se mettait à fond dans tout ce qu'il écrivait.

— S'il ne te parle pas mariage, il faudra bien en parler la première. Cette situation ne peut pas durer. Il va y avoir un jour des racontars.

— N'aie pas peur, il m'en parlera.

— Si la semaine prochaine il n'en a pas parlé, je le ferai venir et lui demanderai ses intentions.

— Non, ne t'en mêle pas. Dans ce cas, je lui écrirai. Mais il faut attendre encore.

— Et si, à ta lettre, il répond *non* avec fermeté? Il faudra bien cesser de le voir.

— Évidemment... Mais je t'assure que, même s'il répond *non*, ce ne sera pas un *non* ferme. Le tout est de ne pas le tarabuster. Si on l'asticote, il se crispe, et alors... Il aime faire rager les gens. Il me rappelle Gaston (son frère) à quinze ans. Tu crois qu'il est sérieux parce qu'il écrit des livres, et tout ça? C'est un gosse. Il a des gestes qu'on ne voit faire qu'à des gosses : laisser traîner sa main, en passant, le long d'une grille, d'un étalage... C'est un geste qu'on ne voit faire qu'aux apprentis et aux saute-ruisseau; jamais à un homme. Même, il a un côté « sale gosse » qui est bien ce que j'aime le moins en lui...

Cet « évidemment » de Solange soulageait Mme Dandillot d'un grand poids. Comme sa petite fille restait malgré tout raisonnable!

Mme Dandillot ne questionnait pas trop Solange. « Tu as été chez lui? » — « Oui. » Elle se doutait bien que si elle ajoutait : « Tu as couché avec lui? » en la regardant dans les yeux, Solange n'était pas une enfant à lui dire non, si cela était, ou du moins à soutenir ce mensonge. Et elle l'aimait et la respectait trop pour vouloir la faire mentir. Toutefois elle n'avait pu se retenir de lui demander : « Tu sais qu'il y a à prendre certaines précautions? » Solange avait répondu « Oui », sans lever les yeux. Comme elle n'avait pas d'amies, et que Mme Dandillot ne pouvait l'imaginer un instant cherchant à s'instruire de ces questions par des lectures, il fallait bien que ce fût Costals qui l'eût renseignée. Pour l'avenir? Pour le présent? Mme Dandillot pensait bien que sa fille était la maîtresse de l'écrivain, et ne s'en émouvait pas autrement, étant de son époque et de son pays, sans parler de sa condition. Au contraire, elle se disait : « S'il lui fait un enfant, il l'épousera. » Marquons bien qu'aucune menace ne s'esquissait dans son esprit.

Tenant que la notion d'amalgame est le fin mot de la psychologie, Costals avait perçu tout de suite qu'en ces deux femmes l'honnêteté se mêlait à un peu de calcul. Mais, voyant juste pour l'ensemble, à mainte reprise il devait hésiter si dans tel de leurs actes elles étaient vraies ou fausses, et s'y tromper plusieurs fois. Et cette incertitude devait être un des éléments de la défiance qu'il ne cessa de nourrir envers le projet de la famille Dandillot.

— J'ai reçu votre lettre. Elle m'a un peu surpris. Mais, avant d'aborder le fond, comme on dit au Palais, je voudrais faire une remarque. Vous m'écrivez que vous êtes « une vraie jeune fille ». Il faut malgré tout que les mots aient un sens. Moi, je continue de vous appeler une jeune fille parce qu'il m'est permis, ès qualités, d'user du style poétique. Mais vous, quand vous me dites, à moi, que vous êtes une vraie jeune fille... enfin je ne comprends pas que vous mettiez cela dans une lettre sérieuse. A présent, venons-en au fond.

« Ma première objection est que vous posez le dilemme beaucoup trop tôt. Je vous connais à peine, je ne vous ai pas mise à l'épreuve. Et vous-même, comment accepteriez vous d'épouser un homme que vous ne connaissez que depuis trois mois? C'est depuis trois ans qu'il faudrait le connaître.

« Mettons qu'il y ait une chance sur cent mille que je vous épouse. En rompant maintenant avec moi, sous prétexte que je ne me décide pas tout de suite, vous perdriez cette chance. Or, cette chance, si minime soit-elle, malgré tout elle existe. Vous parlez de rompre, alors que, au contraire, plus nous nous verrons, plus j'aurai de vous une idée juste, c'est-à-dire plus je serai fondé dans ma décision.

« Comme vous, je voudrais concilier " ma répugnance avec vos scrupules ". Mais le moyen que vous me proposez n'est pas du tout, quoi que vous en disiez, une " parodie de mariage ". Que l'Église intervienne ou non, vous savez bien que cela ne change rien. C'est l'acte civil qui fait le mariage, et du mariage on ne sort que par le divorce. Si je veux divorcer, si vous n'avez pas de torts envers moi, juridiquement parlant, et si d'autre part vous n'acceptez pas le divorce, rien à faire, je serai coincé.

« Un mot au sujet de votre " respect pour l'Église ". Vous " respectez trop " l'Église pour vouloir la mêler à ce que vous appelez une parodie de mariage. M'est avis que ce " trop " est bien peu, et que vous ne respectez nullement l'Église, puisque vous acceptez de vous passer d'elle pour vous marier.

« Bref, je vous propose de continuer nos relations, en veillant à ce qu'elles soient plus secrètes que par le passé : dans un secret absolu. (Si je ne leur ai pas gardé jusqu'à présent tout ce secret, c'est que je pensais qu'il pouvait y avoir intérêt pour votre gloire à m'étaler un peu.) Laissez-moi vous donner le bonheur, et cela dans l'atmosphère de la liberté, de la spontanéité et de la force, qui est mon atmosphère naturelle quand je ne suis pas gêné, et non dans l'atmosphère du livre de cuisine. Après quelque temps, quand j'aurai fait l'épreuve de vos sentiments et des miens, je consulterai un homme de loi, pour qu'il me précise de quelle façon l'un des conjoints peut sortir du mariage sans le consentement de l'autre. »

Tout cela, qui tient en deux pages d'un livre, fut ressassé durant deux heures et dix minutes, avec une passion de sincérité et de sérieux. Il fit connaître aussi les conditions, toutes *sine qua non*, qu'il poserait à un mariage avec qui que ce fût : régime de la séparation de biens; cérémonie quelque part au loin, sans autre présence que celle des témoins; pas de mariage religieux, afin de s'épargner les formalités grotesques de l'annulation à Rome; pas d'enfants; et trois mois de vacances conjugales par an, pendant lesquelles il s'en irait où il voudrait, pendant lesquelles les époux seraient comme des étrangers l'un pour l'autre, car, dit-il, « un foyer ne doit pas être un lieu où l'on séjourne, mais un lieu où l'on revient ». Le rejet d'une seule de ces conditions entraînerait l'abandon immédiat d'un pareil projet.

Solange parut un peu assommée. Elle dit qu'elle réfléchirait, qu'elle accepterait peut-être. Elle dit « peut-être » avec une voix d'oiseau, avec une voix faible et haute, comme le disent les êtres qui consentent. Elle en parlerait à sa mère.

— En somme, que craignez-vous?

— De m'attacher trop à vous.

— Et, ensuite, que je vous abandonne?

— Oui.

— Eh bien, vous souffririez! Là, franchement, je ne vous trouve pas courageuse. Et en quoi le mariage vous rassurerait-il, puisque je ne me marierai jamais avec quiconque, si je n'ai pas trouvé le moyen de sortir de ce mariage, de mon seul gré? Un homme d'esprit qui part pour la guerre médite la façon dont, à son heure, il se fera évacuer. Dans le mariage aussi il faut prévoir comment on se fera évacuer.

— Vous n'êtes guère risqueur...

— C'est bien à moi qu'il faut dire cela! Amusant! Je risque quand c'est pour obtenir quelque chose que je convoite. Mais risquer pour obtenir quelque chose dont je n'ai pas envie...

Elle fixait le sol. A ces mots, elle leva le visage vers lui (comme avec reproche?). Lui effleurant le visage de la pointe de ses gants, qu'il tenait à la main, il le détourna, comme s'il n'aimait pas qu'elle le regardât en cet instant-là.

— Je vais vous prêter plusieurs livres : le journal de Tolstoï et celui de sa femme. Vous verrez ce qui nous arriverait, si nous commettions cette insanité.

— Que d'annotations dans les marges!

— Ce sont les notes des diverses jeunes filles à qui j'ai prêté ces volumes. Vous y trouverez au moins cinq ou six écritures différentes. Car ces volumes sont le véritable bréviaire de toute demoiselle qui désire m'épouser.

Il feuilleta l'un d'eux, lut deux ou trois remarques manuscrites.

— Tiens, voilà des notes manuscrites intelligentes. Et, au crayon, impossible de reconnaître l'écriture. C'est assez émouvant, ce message de quelqu'un que je ne puis identifier, qui m'aimait, et de qui ces notes me font songer : « Peut-être, après tout, aurais-je pu l'épouser sans trop de dégâts. »

Les yeux de Solange ne quittaient pas les marges, et Costals fut frappé par leur expression de dureté. On était jalouse! Ridicule!

— Êtes-vous contente de notre entretien?

Un silence, puis :

— Oui...

— Donc, pendant quelque temps encore, nous continuons nos relations comme par le passé?

Un silence, puis :

— Oui...

— Et vous venez chez moi après-demain à six heures?

Un silence, puis :

— Oui...

— Ma petite chérie, vous avez de la peine?

Il faut que dès maintenant vous vous installiez dans cette peine, et que ce soit moi, qui en suis cause, qui la berce et peu à peu vous en guérisse.

Quand il lui baisa la main, en la quittant, il la sentit glacée.

3 août. — De sang-froid, ce mariage me paraît absurde et impossible, ce qu'il est sans doute. Aux moments d'exaltation je le vois comme :

1. Une épreuve digne de moi. Grande chose que réussir dans ce qu'on méprise, parce qu'il y faut vaincre non seulement l'obstacle, mais soi. C'est avec courage que je ferais cela. Mais provoquer la vie demande toujours du courage. Pas de « peur de vivre », diable! J'ai surmonté l'adolescence et ses nuées horribles, j'ai surmonté la guerre, j'ai surmonté les expéditions lointaines, j'ai surmonté la solitude, le plaisir, le succès, et les différents périls qui cernent la vie privée d'un homme qui joue le beau jeu. Il n'y a qu'un monstre devant lequel j'ai toujours flanché : le mariage. Et maintenant, à moi de terrasser l'Hippogriffe! Ou plutôt d'en faire un cheval de selle. Je voudrais m'étonner moi-même. Me prouver que je peux garder la même audace et la même liberté

d'allure dans le mariage que dans le célibat. En somme, il faudrait faire cela en matamore, en gonflant le biceps : « Nous allons voir ce que nous allons voir! » Et un roulement de tambour. Une telle attitude est bouffonne, vue de l'extérieur. Mais est-ce ma faute si je suis obligé de me monter la tête, de m'étourdir, pour affronter ce qui me fait si peur? Voire d'appeler à la rescousse, par exemple, les chevaliers romains, dont l'ordre, sous Auguste, comprenait plus de célibataires que d'époux? Ceux qui affrontaient le plus vaillamment le champ de bataille redoutaient de se trouver en tête à tête avec une légitime. Je ne suis pas un « cas ».

2. Une expérience nécessaire à ma connaissance de la vie, par conséquent à mon œuvre. Renouveler la matière humaine de mon art. Féconder une nouvelle parcelle de terrain. Ouvrir un nouveau jet d'eau. Une terre inconnue à annexer, ou tout au moins à survoler glorieusement. C'est cela, à survoler comme j'ai survolé la guerre, comme j'ai survolé la douleur, comme je survole la paternité : c'est-à-dire en n'y mettant que le bout des doigts. Traverser le mariage comme on traverse les feux de la Saint-Jean. Il y aura crise? Eh bien, tant mieux. Une crise, n'importe laquelle, un écrivain paierait ça chèque sur table.

Et puis, ce serait amusant, de connaître aussi le devoir.

4 août. — Elle est venue. Elle m'a rendu

le journal de Tolstoï et celui de Mme Tolstoï, sans un mot. La phrase d'Aurel : « Il y a des femmes à qui on prête un livre admirable, et qui vous le rendent sans un mot, comme on vous rend une pince à sucre. » Si Dante réapparaissait, et lisait en public un chant inédit de *La Divine Comédie*, il y aurait des femmes, et des intellectuelles, qui ne trouveraient rien d'autre à dire, sinon que son pantalon n'est pas dans son pli. A toutes mes questions, elle ne répond que par de pauvres variantes du :

— Pourquoi voulez-vous que ce qui s'est passé pour Tolstoï se passe pour vous? Rien ne prouve que cela ne marcherait pas bien...

Tout est rendu plus difficile parce que ces gens ne sont pas des gens d'esprit.

En quelques jours elle a salopé le Tolstoï, recollé la couverture avec du papier gommé. Elle doit être sans soin.

Rien au monde ne peut faire que j'aie besoin de sa présence.

Il n'y a absolument aucune raison pour que je l'épouse.

Je ne l'aime pas. Je voudrais trouver davantage de raisons de l'aimer, mais je ne les trouve pas. Je ne l'aime pas, et je suis prêt à faire cette folie, pour elle.

La peur que j'avais, enfant, quand on m'emmenait sur l'eau. L'impression de quelqu'un qui embarque.

Je suis aspiré par l'histoire du mariage Tolstoï comme par un abîme. Cette histoire me hantait en un temps où je ne songeais nullement au mariage. *Deteriora sequor*. Je vois où est le mal et j'y vais.

Je vous épouse, non pas pour me rendre heureux, moi, mais pour vous rendre heureuse, vous.

A force d'en parler, cela aura lieu. La sensation qu'une machine s'est mise en marche, que dès maintenant il n'est plus possible d'arrêter.

5 août. — J'entre dans cette aventure comme je suis entré dans la guerre, et peut-être comme j'entre dans toute chose : en me préoccupant, au moment que j'y entre, de la façon dont je pourrai en sortir.

Bien plus, en songeant au bondissement de conquête que j'aurai quand j'en sortirai. En la concevant comme une préparation à ce bondissement.

Et, à tout jamais, ce tort envers Solange, non seulement d'être entré dans ce mariage comme dans quelque chose dont on sortira, mais de l'avoir considéré comme une sorte de repoussoir destiné à me rendre la vie qui suivra plus violemment heureuse.

6 août. — Elle vient, mais m'annonce qu'elle est indisposée. Femmes, toujours malades, toujours malsaines, jamais tout à fait nettes. Je m'enquiers quand sera finie son indisposition : demain. Mais quand je lui demande si nous pourrons nous rencontrer après-demain, elle dit qu'elle ne peut pas. Le jour suivant elle ne peut pas davantage. Trois jours! Comme elle est peu amoureuse! Un au-revoir bref. Pas de pression de main. Sa froideur m'effraie. Que s'est-il passé? L'ai-je blessée dans l'ordre moral? physique?

Il est arrivé ceci. Lorsqu'elle a parlé mariage la première (sa lettre), je me débattais. Maintenant qu'elle est froide, cette idée me trotte de plus en plus par la tête, et je me vois demandant ce mariage qu'il y a quatre jours je repoussais. Moi qui pensais dicter mes volontés, je me vois subissant à cause d'elle. En ce moment où j'écris, je ne me sens pas disposé à la perdre. Et pourtant, si froide, si capable de s'échapper (comme une petite gazelle), je devine combien il est sûr qu'elle me ferait souffrir.

Vous m'avez tout donné, le bonheur et la souffrance. Vous avez été mêlée à toutes mes choses de cet été, comme de la pluie mêlée aux branches d'un arbre.

Vous avez désenchanté pour moi la solitude. A peine si j'y peux croire encore.

Baudelaire : « Je comprends qu'on déserte une cause pour savoir ce qu'on éprouvera à en servir une autre. Il serait peut-être doux d'être alternativement victime et bourreau. » Après avoir été tant de fois bourreau, peut-être doux d'être victime.

Je suis toujours à l'autre bout de moi-même.

10 août. — Je lui dis nettement que je me suis rapproché de l'idée du mariage, et que, pendant ce temps, elle, elle s'est éloignée de moi. « Non, je ne me suis pas éloignée. Au contraire, je crois que je m'attache toujours davantage à vous. » — « Pourquoi étiez-vous si froide l'autre jour? » — « Mais je n'étais pas froide! » Comme j'insiste, elle proteste encore, avec dans le regard une aile de douleur, une sorte de supplication que je la croie, qui fait que tout de suite c'est moi qui m'excuse.

En la quittant, convaincu de sa sincérité. Convaincu que tout va vers *cela*. Mais, un instant après l'avoir quittée, me demandant : « Pourquoi elle plutôt qu'une autre? Pourquoi elle lorsqu'il y en a tant d'autres plus ceci et plus cela qu'elle? »

Quand on me présenterait sur un plat d'or la fille de la reine de Saba, âgée de quatorze ans et trois jours, je songerais à la souffrance que vous en auriez, et je ne pourrais pas.

11 août. — Voilà une fille pour qui j'ai de l'affection, de l'estime, et du goût physique. Et la perspective de l'épouser m'est un cauchemar au réveil, comme celle de la déclaration de guerre.

S'accrochera-t-elle avec Brunet? Elle n'aime pas les enfants. Elle n'aime pas les jeunes garçons (« Leurs sales petites gueules... »). Elle n'aime même pas les jeunes gens (« Ils sont bêêêêtes!... »). Elle ne l'aimera pas. Sans compter les blâmes silencieux : « Comment avez-vous pu l'élever ainsi? » (Être blâmé par Mademoiselle Dandillot!...) Peut-être qu'elle voudra prendre de l'autorité sur lui. Cela, je ne le permettrai jamais. J'ai fait ce qu'il fallait, Dieu sait à quel prix, pour qu'il échappe à la mère, et il faudrait qu'il eût à compter avec la marâtre! Quelqu'un entre lui et moi! Mon œuvre de quinze années détruite!

Lui, je le connais, il me dira tout de suite (avant de rien savoir de mes projets) : « Tu ne peux pas m'arranger quelque chose avec elle? Non, tu es rosse! » Avec une autre qu'elle, oui, ç'aurait été bien, de lui faire franchir le premier pas par sa marâtre. Mais S... est le contraire de ce qu'il faudrait pour cela : beaucoup trop stupide. Il sera tout le temps à tourner autour d'elle. Il saura que je couche avec elle. Elle sera l'objet de son refoulement, et le port de ses navigations solitaires. Il sera chahuté et souffrira à cause d'elle. Et je veux qu'il ne souffre de personne — malheur à qui le touche! — et surtout — surtout — pas d'elle.

Je devrais dès maintenant leur ménager une rencontre. Mais je sais si bien ce qui en sortira : une raison de plus de ne pas l'épouser. Et, ce que je cherche, c'est une raison de l'épouser.

Autre chose : mettons que je lui fasse un

gosse. Quand je pense à cela, je deviens fou. Si c'est une fille, je la désirerai sûrement un jour : grand trouble, grande responsabilité, malgré mon éducation [1]; toute la machine à nuire s'ébranle, comme chaque fois que c'est à la femme que l'homme touche. Puis, désirée ou non, une fille engage et lie beaucoup plus qu'un garçon; on ne peut pas la laisser se débrouiller seule : casse-tête et Gaurisankar de temps perdu. Si c'est un garçon, je l'aimerai, et je ne veux pas redonner à un autre fils ce que j'ai donné à celui que j'ai. Il y a des mots qu'on ne prononce pas deux fois, fût-ce intérieurement. A la rigueur, je puis répéter à cent ou cent cinquante femmes les mêmes paroles, en étant sincère à chaque coup, parce que la femme reste dans le superficiel de ma vie; encore, ce rabâchage, en ai-je souffert bien souvent. Mais redonner à un second Brunet... Non, pas cela. « Chacun en a sa part et tous l'ont tout entier. » Peut-être les mères peuvent-elles vraiment diviser leur amour maternel sans l'affaiblir; mais je ne suis pas une mère. Et d'ailleurs, « tous l'ont tout entier », je suis convaincu que c'est une blague. Elles se vantent, une fois de plus.

En outre, j'ai couru le risque insensé de

1. Costals fait allusion aux images d'Épinal qui étaient les premières lectures des enfants français au début de ce siècle. On y voyait des rois amoureux de leur fille, des chats épris de princesses, des géants amateurs de petits garçons, etc. Rien d'étonnant s'il en est resté chez Costals une facilité à la confusion.

créer un être, et cet être — à mon goût — est réussi; je l'aime, je crois qu'il m'aime bien, je n'ai jamais rien eu à lui reprocher, il s'amuse en ma compagnie et je m'amuse en la sienne; on ne recommence pas deux fois ce miracle.

Il y a de fortes raisons pour que la femme se marie. Pour que l'homme se marie, il n'y en a aucune : il y va par grégarisme. (Et il est donc assez naturel que la loi fasse à l'homme, dans le mariage, une situation plus belle qu'à la femme.) « Mais alors, pourquoi les hommes se marient-ils? » demandais-je un jour à l'abbé Mugnier. Il me répondit : « Par goût de la catastrophe. » Oui, c'est vraiment cet amour du risque, du péril, le sombre et malsain attrait des embêtements, qui pousse les mâles à se fourrer dans ce guêpier. S'ils y renâclent un peu, le monde parle de leur « lâcheté ». On appelle lâcheté, en ce cas, cette forme de l'intelligence qu'est l'instinct de conservation.

C'est bien par goût du tragique que j'envisage de l'épouser.

... Mais non! Je cherche des prétextes pour me voiler à moi-même la seule raison qui me fait agir, qui est la charité.

13 août. — Quand vous attendez une femme que vous désirez beaucoup, qu'elle est en retard d'une heure et demie, que vous ne comptez plus sur elle, et qu'elle sonne, votre premier mouvement n'est pas de joie, mais d'ennui. Votre imagination était partie dans un autre sens, elle s'y faisait, il faut le croire, et cette brusque volte la décontenance d'abord.

Je ne sais si j'attendais S... avec beaucoup de feu, mais lorsqu'une demi-heure après l'heure fixée elle n'est pas là, je souhaite qu'il se soit passé je ne sais quoi — quelque cabrade de sa mère? — qui l'empêche de revenir à jamais.

La voici. Je lui ressasse mes sempiternelles raisons :

— En ne vous épousant pas, je sauvegarde notre amour. Le mariage est la fin de l'amour, cela est connu depuis Jeroboam. Je me lasserais de vous. Vous me gêneriez. Je vous apparaîtrais avec mes petits côtés. Finish l'extase. Dans la liaison rien de tout cela, ou si peu. Quelle différence pour vous avec le mariage? Les enfants? Vous savez que de toute façon je ne vous en donnerai pas. Un intérêt matériel commun? Alors, franchement, vous avez besoin de ça? La présence constante? Mais c'est elle, précisément, qui saperait l'amour. Dans une liaison, chacun de nous garde sa liberté. L'amour n'est plus codifié. Vous aimer n'est plus le « devoir » conjugal. Vous voir n'est plus une obligation mais un plaisir. Et le secret où gît notre liaison la rend plus chaude, cela aussi est connu depuis Jeroboam...

Je lui dis tout cela, mais à quoi bon? Son siège est fait.

Les jeunes filles, qui vous emberlificotent avec leur araignée du mariage, et ses toiles. Les putains, qui vous corrodent avec leurs demandes d'argent. Et les femmes honnêtes, qui vous flanquent la v...

14 août. — Ce matin, au réveil, il me semble que toutes les raisons « contre » sont descendues, comme un liquide qui dépose : je ne trouve en moi que des raisons « pour ». Décidé à l'épouser. Puis, au milieu de la journée (4 heures), brusque décision de ne pas le faire. Est-ce le début d'une attitude stable? Attends avec ennui son arrivée.

(Écrit le soir.) L'odeur de ses paupières. Sa peau douce comme de la farine. Dans les caresses, cette succession de morts et de vies, comme une corde qu'on pincerait, puis qu'on laisserait se détendre. Longuement étendu contre elle, et attendri, et l'aimant. Ses cheveux qui se défont toujours à la même heure — minuit dix, — comme pour nous indiquer qu'il va bientôt être l'heure du départ. Quand elle va ensuite au lavabo, je suis sur le point de lui dire de ne pas se laver à l'antiseptique. Je me dis que, si je lui fais un gosse, eh bien, cela décidera de la chose.

Quand elle s'en va, son regard inoubliable. Droite devant moi comme un petit soldat. « Il est impossible que vous soyez fausse avec ce regard-là. » — « Je ne le suis pas. »

Je lui ai demandé ce qu'elle ferait si je

lui signifiais de la façon la plus ferme que je ne l'épouserai jamais. D'abord elle n'a pas répondu. Puis, après des difficultés, quelque chose dont le sens était, m'a-t-il semblé : « Je n'ai pas envisagé cette hypothèse-là. » Son assurance m'agace un peu. Quoi qu'il en soit, résolu à l'épouser.

Chaque jour, Costals ne pensait que durant quelques instants à ce mariage, au réveil, et puis il en quittait l'idée, comme on dépose un fardeau trop lourd, ajournant de décider quoi que ce fût. Ayant une horreur philosophique pour l'action, il n'agissait que poussé à bout. C'était aussi un principe chez lui, que de remettre toujours à plus tard les décisions pénibles, non par faiblesse de caractère, mais parce qu'il voulait donner sa chance à l'hypothèse où, les circonstances changeant, il n'aurait plus à se décider; il savait en outre que l'appréhension rend vulnérable à ce qu'on appréhende. Cette politique lui avait toujours réussi.

Le surlendemain du jour où il avait noté dans son journal : « Quoi qu'il en soit, résolu à l'épouser », l'idée lui vint d'écrire une longue lettre à Mme Dandillot, exposant pour quelles raisons il n'épouserait pas sa fille. Cette démarche de correction lui paraissait convenable; il en venait à avoir de la sympathie pour cette femme, dans le cruel suspens où il l'imaginait par sa faute. Et puis, il se demandait si elle ne le prendrait pas au mot. Avec quelle impatience il attendrait une réponse où elle reconnaîtrait que « dans ces conditions, en effet!... ». Ou seulement une réponse où elle serait un peu insolente, ce qui lui permettrait de briser là.

Costals écrivit cette lettre avec beaucoup de sérieux, et une pointe de complaisance. Excellent emploi d'une journée de l'Assomption.

PIERRE COSTALS

Paris

A MADAME CH. DANDILLOT

Paris

15 août 1927.

Chère Madame,

Je vous écris d'un appartement vide, dans un immeuble déserté, avec sous mes yeux une avenue où il n'y a pas une voiture, pas un passant, pas un bruit; je n'ose dire : pas un chat, car justement il y en a un, et fort gentil, la queue droite comme un cierge. Je songe que si vous êtes à Paris aujourd'hui, et Solange — en ce moment où l'épreuve par laquelle vous venez de passer vous commanderait plus que jamais à toutes deux le dépaysement et le repos, — c'est en partie par ma faute. Et bien d'autres choses encore sont par ma faute. Et voici que je me sens porté à venir vous parler assez longuement, avec une sympathie un peu accrue; à m'expliquer auprès de vous; à vous demander aussi de me comprendre et de m'excuser.

Si je vous écris cette lettre, au lieu d'aller

vous voir, ce n'est pas seulement parce que, écrivain, la forme d'expression qui me trahit le moins est l'écriture, de sorte qu'avec cette lettre vous avez un témoignage très *précis* de mes sentiments. C'est parce que je me sens assez solide, du côté de ma conscience, pour désirer que vous possédiez en propre, et à l'occasion pour toutes fins, ce document autographe de moi.

Ne soyez pas surprise si ces sentiments que je vais vous dire vous paraissent quelquefois singuliers. Singulier, je le suis. Loin d'en tirer vanité, j'ai toujours cherché à adoucir les arêtes, à mettre l'accent sur ce qui me rapproche de mes semblables, non sur ce qui m'en sépare, de même que je cherche à passer inaperçu dans ma vie privée; romancier, Dieu sait quel effort il me faut faire parfois pour imaginer les sentiments de l'humanité moyenne, que spontanément je n'éprouve guère. Mais enfin je n'ai jamais souffert de cette singularité, jusqu'à présent où j'en souffre pour la première fois.

... Il ne faut pas que ce mariage se fasse.

Je vois ce qui arriverait comme si cela s'était passé, comme si je *m'en souvenais*. Je le vois parce que je me connais, parce que j'ai une longue et subtile expérience de moi-même et de mes relations avec les êtres, parce que j'ai toujours pressenti comment je réagirais dans une circonstance donnée et comment, par exemple, si je voulais forcer ma nature, il n'en résulterait que des malheurs. On dirait que ce n'est pas mon âme, mais mon organisme qui rejette certaines choses auxquelles il n'est pas adapté. (Lorsque je suis parti pour l'Indochine, je savais d'avance que j'y tomberais malade, à la répugnance que j'éprouvais à partir; et, en effet, j'y suis tombé malade. Dix autres exemples de cet ordre...) La satisfaction du devoir accompli? En ce qui me concerne, parlons plutôt de la satisfaction du devoir inaccompli.

Voici ce qui se passerait, si j'épousais Solange. Dès les premiers jours, les obligations morales que me créeraient sa tendresse et son dévouement anéantiraient le plaisir que j'aurais de cette tendresse, et l'aide que m'apporterait ce dévouement. Je serais inquiet de ce qu'elle pense et de ce qu'elle sent. Je craindrais toujours de ne lui en donner pas assez. Je craindrais le mal que je pourrais lui faire, et qu'elle pourrait me faire, je serais obligé de compter avec elle. Or, un artiste ne doit compter qu'avec son œuvre. Elle détournerait une partie de ma force, et me déroberait à ma concentration. Je ne pourrais pas lui en vouloir, et cependant elle me serait une gêne, et un affaiblissement de ma valeur. Je sentirais qu'elle se donne toute à moi, et je ne pourrais pas me donner tout à elle. Je serais malheureux, alors que dans la solitude je n'ai jamais été qu'heureux. Et elle, auprès de cet homme qui se consume, qui pourrait croire qu'elle serait heureuse?

L'issue? Divorcer. Mais divorcer d'avec quelqu'un à qui on n'a rien à reprocher? Rejeter un petit être qui n'est que douceur, affection, bonne volonté? « Allez-vous-en! Vous n'êtes coupable de rien. Vous n'êtes coupable que d'être, et de m'aimer. Car votre présence m'alourdit, et votre amour m'emprisonne. Reprenez vos affaires, je vous donne vos huit jours. Débrouillez-vous avec votre maman. » Eh bien, ça, je ne le dirai jamais. Pourquoi feindre que les circonstances deviennent telles que je puisse le dire, et qu'elle puisse l'accepter? C'est fonder sur du vide que fonder là-dessus, et fonder sur du vide en le sachant.

Et alors? Alors nous resterons accrochés ensemble, l'un rongeant l'autre, comme les deux damnés de Dante, et c'est le tête-à-tête infernal, jusqu'à la fin.

Encore une raison, secondaire aux yeux du monde, non aux miens. Je suis quelqu'un de mobile : j'aime les êtres, j'aime leur possession, je les ai dans le sang. Il est inévitable qu'à un moment je désire d'autres femmes que la mienne. Alors quoi? Les cachotteries, le mensonge quotidien, les misérables ruses avec ce qu'on aime et qui vous aime? Je ferme les yeux, je vois cette fille, et je m'imagine la *fourrant dedans*. Non, ça non plus, jamais. Reste quoi? La complicité?

Avec certaines femmes, peut-être : pas avec elle. Or, encore une fois, j'en désirerai d'autres. Pas après des mois ou des semaines de mariage. Pas après quelques jours de mariage. Le lendemain. Le jour même. « Mais il n'y a qu'à lutter... » Je ne lutte pas contre ce que je désire.

Il faut que ce mariage ne se fasse pas. Il faut aussi que l'avenir nous reste ouvert.

Deux solutions.

La solution banale, la solution paresseuse : ne plus nous revoir. Si vous la choisissez, je pars pour le Maroc, et vous êtes débarrassée de moi à jamais.

Mais il faudrait alors que Solange sût quelle affection pleine de tendresse je lui porte, sût qu'elle reste pour moi un souvenir sans autres nuages que ceux que j'y soufflai moi-même, sût que jamais je n'ai plus senti cette tendresse que dans l'instant où je conçois de me séparer d'elle, et que ce sont précisément la constance et la solidité de cette tendresse qui m'obligent à une pareille rupture, puisque sans elles je n'éprouverais de scrupules ni à lui rendre moins qu'elle me donne, ni à lui mentir, ni à divorcer.

L'autre solution est moins bourgeoise. Mais vous m'avez montré vous-même, Madame, en étant prête à accepter un mariage aussi bizarre que celui que nous envisagions, que vous n'hésitiez pas à sortir des chemins battus quand cela vous paraissait utile au bonheur de votre fille. Cette solution est que Solange et moi nous continuions simplement nos relations comme par le passé, mais sans la moindre arrière-pensée de mariage.

Ne parlons pas « convenances sociales ». De quoi s'agit-il? Encore une fois, du bonheur de votre fille. On ne parle pas convenances sociales lorsqu'il s'agit du bonheur de sa fille. Parlons réalité. Votre fille se plaît à mon contact, et moi je me plais au sien. Et il faudrait nous retirer ce plaisir, sous prétexte que nous ne nous marions pas? Pour moi je trouve cela digne de l'âge des cavernes. N'y a-t-il donc rien entre la brouille et le mariage, ces solutions bêtes? Ce qui est humain, c'est ce qui est fait de choses difficiles et nuancées. Donc, *statu quo*, avec, contre les racontars, une disposition pratique nouvelle : elle vient chez moi, mais nous ne nous voyons plus au dehors, dans Paris du moins; et plus jamais je ne prononce son nom en public. Moralement, matériellement, je lui donne tout, comme dans le mariage; mais à l'extérieur du mariage. Que dis-je, je lui donne bien plus que dans le mariage. Car mon sentiment pour elle, qui, lorsque je vois devant moi le mariage, ne s'avance qu'en souffrant, puisqu'il va vers la catastrophe, et sait qu'il devra se corrompre et enfin se briser, au contraire, dès l'instant où la perspective du mariage se défait, n'ayant plus d'obstacle devant lui, s'élance et grandit en toute liberté.

Veuillez croire, je vous prie, etc.

Costals.

16 août. — Le lendemain, à onze heures et quart, sonnerie du téléphone, et, dans l'appareil, la voix un peu rauque de Mme Dandillot demande si Costals est là. « Je ne suis pas là », fut sur le point de répondre Costals : mot symbolique, car, en effet, il n'était jamais (moralement, intellectuellement) où on le cherchait. « C'est moi », dit-il la voix faible, mais en lui un cri jaillissait : « Chouette! Elle va m'engueuler! » — « Cher Monsieur, j'ai été extrêmement touchée par votre lettre si nette et si loyale. Mais c'est là une question trop importante pour que nous l'examinions par correspondance. Voulez-vous venir prendre le thé avec moi ce soir à cinq heures? Nous serons seuls. » — « Hum, cinq heures, je suis pris à cette heure », dit Costals : son premier mouvement était toujours de se défiler, c'était chez lui une seconde nature. Puis il se ravisa et accepta : l'épreuve serait plus tôt finie. Il raccrocha, et du même coup accrocha, comme à quelque patère un manteau que l'on quitte, l'idée de mariage. Puisque ce soir on allait rabâcher de tout cela durant deux heures, on pouvait bien n'y penser plus jusque-là.

Toute mort est l'occasion d'un renouveau : du cadavre sortent des fleurs violentes. La mort de M. Dandillot, coïncidant avec les projets de mariage, faisait que tout, chez les Dandillot, depuis trois semaines, était tendu vers l'avenir. On avait désinfecté la chambre mortuaire, débarrassé les pièces de l'appareil de la maladie, comme si plus jamais personne ne devait être atteint entre ces murs, ouvert grandes partout les fenêtres, tenues closes pendant des semaines contre le bruit. Même, Solange ayant rapporté quelques propos de Costals, sur le goût maniaque des Français pour les objets, dont ils encombrent leurs intérieurs, et les moqueries qu'en fait l'étranger, on avait bazardé pas mal de vieilleries.

L'aération avait été la même dans l'âme de Mme Dandillot : un désir de faire peau neuve. Si elle avait été lourde à son époux, son époux lui avait été lourd. La pensée que sa fille était amoureuse, bientôt la certitude que cette fille chérie reposait un soir sur deux entre les bras d'un homme, avaient rajeuni et réveillé Mme Dandillot, qui atteignait alors cinquante-deux ans, âge trouble chez les femmes. L'espèce de vague à l'âme qui lui venait ne la portait nullement du côté des hommes; c'était seulement la pensée qu'aussitôt son deuil fini elle « sortirait », ce qui était bien loin de ses habitudes, qu'elle ferait des voyages, enfin ce que le monde appelle « s'émanciper », qui est s'occuper un peu de soi-même et d'être heureux à son tour.

En attendant, les deux femmes, au cœur d'août, étaient à Paris. Mme Dandillot eût dû peut-être y rester de toutes manières, à cause des hommes d'affaires qu'il lui fallait voir pour la succession. Solange, elle, aurait pu villégiaturer chez des amis, à Étretat. Mais, outre qu'il aurait été difficile et presque impossible à Costals de la voir là-bas sans prêter aux cancans, l'écrivain s'était refusé à quitter Paris. « C'est le seul moment où mes amis et mes relations n'y sont pas, et où je peux y être tranquille. » La belle nature ne lui manquait guère. Plus il avançait en âge, moins il y était sensible et plus il était sensible aux êtres, ou à soi. « Je ne déteste pas un arbre de-ci, de-là, mais je ne ressens pas le besoin d'en embrasser un grand nombre du regard. Quant à la mer et à sa surface ridicule, plissée comme un derrière d'éléphant, qu'on ne m'en parle à aucun prix. J'ai en moi-même des choses plus intéressantes. »

Dans cette disposition, Mme Dandillot avait été touchée par la lettre de l'écrivain. La franchise un peu brutale de cette lettre l'avait secouée, mais sans l'irriter, au contraire. Les mots : « une sympathie un peu accrue », ne lui avaient pas échappé. Si étrange qu'il puisse paraître, les raisons de Costals avaient glissé sur elle sans l'entamer le moins du monde. Et elle attendait leur conversation dans un grand sentiment de sécurité.

Costals sonna chez elle avec une mine de chien qu'on fouette. Il avait beau se saouler du manque de choses ennuyeuses (ne faisant presque jamais rien qui lui coûtât), la moindre, lorsqu'il y était forcé, l'accablait, prenait en lui des proportions catastrophiques.

D'abord ils tournèrent autour du pot, gênés l'un et l'autre. Dans le désir extrême qu'avaient ces deux femmes de lui complaire, Mme Dandillot, qui avait cru comprendre, à un propos de Solange, qu'il était très entiché de l'Italie, lui dit incidemment qu'il avait « un peur l'air d'un Italien », ce qui était de la haute fantaisie. Enfin le ton changea, et à l'instant tout devint plus vif, lorsque notre brave, sans regarder derrière lui, sortit de la tranchée.

Il redit toutes les raisons qu'il ressassait à Solange depuis la journée de Bagatelle.

Mme Dandillot l'écoutait avec sympathie, et presque avec amusement. Non, non, cher public! rassurez-vous vite : Mme Dandillot ne va pas devenir amoureuse de Costals. Mais, après ces semaines et ces semaines occupées à soigner un mourant, puis à rendre visite à des hommes d'affaires, elle éprouvait une sensation agréable à voir enfin dans cet appartement rénové un garçon jeune et vif; dans ce salon où elle s'était fait rabrouer tant de fois par son fils, sentie tant de fois méprisée par son mari, socialement et intellectuellement supérieur (et, à l'intérieur des familles, les classes subsistent), elle goûtait qu'un homme célèbre et fêté lui parlât avec cette inexpérience respectueuse, lui dît enfin tant de gentilles bêtises sur un sujet qu'elle se flattait de connaître si bien.

Et qu'elle connaissait bien, en effet. Elle savait bien ce qu'est un mariage selon la norme (car il y a d'admirables exceptions) : les classiques duettistes burlesques Nénette et Rintintin. « Ce que j'ai éprouvé en me mariant? répondait un jour M. Dandillot à un tiers, qui n'était même pas un ami. Rien. Mais une femme qui vous apporte quatre cent mille francs (or), c'est bon à prendre. Je ne l'aimais pas, mais je me disais que ça viendrait peut-être à l'usage. » Ce n'était pas venu. Rintintin n'avait plus jamais baisé Nénette sur la bouche au delà des trois premières semaines de mariage. Tout de suite il lui fit sentir sa supériorité. « Il m'aime! »

pensait-elle dans les premiers temps, quand il lui disait qu'elle était idiote. Bientôt elle ne prit plus que pour ce qu'ils étaient les : « Vous déménagez. — Non, mais vous n'êtes pas un peu folle? — Ce que vous pouvez être assommante! » Elle espéra que la naissance de Gaston les rapprocherait. Il n'en fut rien. Rintintin se refusa d'abord à embrasser le lardon frais éclos (le caractère odieux qu'eut plus tard celui-ci, enfant et jeune homme, ne provenait-il pas de cette sorte de malédiction? Mme Dandillot le croyait), et ne l'embrassa qu'après huit jours, avec répugnance et frayeur, et en rougissant très fort. Il n'aima pas son fils, alors qu'il se donnait beaucoup aux jeunes gens de ses sociétés sportives : peut-être parce que, avec son fils, ce formidable égoïste sentait que sa responsabilité était engagée, et qu'il avait des devoirs, tandis qu'avec les fils des autres... D'ailleurs ce n'était pas eux qu'il aimait, mais ses théories, qu'ils étaient censés illustrer. Nénette se terra dans les petits travaux de ménage et d'agrément, et les soucis absorbants d'une grande maison avec jardin, en province. A dire vrai, elle n'avait guère besoin de l'amour de son mari (et moins encore, grand Dieu! de la corvée sexuelle, par bonheur de moins en moins fréquente. Elle n'avait un petit mouvement vers lui que lorsqu'il lui disait que telle femme rencontrée était ravissante, ou qu'il avait été accosté par une marcheuse rue Saint-Lazare). Elle aurait seulement voulu être « comprise ». D'ordinaire, quand une femme se plaint de n'être pas « comprise », c'est dans un cas toujours le même : ou parce qu'elle n'est pas aimée du tout, ou parce que l'homme qu'elle aime ne lui rend pas en proportion. Pour Mme Dandillot, être « comprise » était plus modeste : il s'agissait que M. Dandillot lui rendît un peu justice, ne lui laissât pas toutes les charges et toutes les responsabilités (enfant, maison), en ne gardant que le droit de crier (rien d'embêtant n'arrivait, qui ne fût de la faute de Nénette; il la traitait moins bien que la bonne, ce qui était logique, puisqu'elle ne pouvait pas donner ses huit jours), levât le nez de son journal lorsqu'elle lui parlait, et s'occupât enfin d'autre chose que du pentathlon, de l'homme « naturel », et de savoir s'il pleuvrait dimanche, auquel cas son cross-country était fichu.

Quand Solange — non désirée — naquit, Rintintin, cette fois, n'alla pas voir Nénette de deux jours, qui pleurait seule dans son lit : il la punissait de sa propre maladresse. Il ne fut plus question qu'un enfant nouveau pût les rapprocher. « Enfin, pensait-elle, je ne serai plus seule. Si ces sales bêtes (son mari et son fils) me font souffrir, j'aurai au moins une consolation. » Solange fut en effet, en tout point, cette consolation. Joint que, vers la cinquantaine, Rintintin commença de s'apercevoir qu'il avait manqué sa vie, et s'aigrit, et que sa femme, le flairant, reprit du poil de la bête. Ce fut son tour de faire des allusions blessantes, et des scènes, toujours avec le même final : elle les rompait brusquement en montant se coucher (à deux heures de l'après-midi) et ne reparaissait plus; elle se détendait de vingt-cinq ans de contrainte lorsqu'elle avait été mauvaise avec lui. A certaines heures de crise, elle en venait à brûler un journal que M. Dandillot avait tenu, à se savonner les mains quand il lui avait tendu la sienne, à hésiter si elle embrasserait Gaston, parce qu'il venait d'embrasser son père. Lorsqu'il mourut, elle aurait voulu pleurer, ne fût-ce qu'un peu : elle n'y parvint pas.

Telle était l'expérience personnelle qu'avait Mme Dandillot du mariage, dans un temps où elle désirait l'union de sa fille avec Costals, au point d'en être prête, pour qu'elle se fît, à aller loin dans les humiliations. La supériorité intellectuelle de Costals sur Solange, son égoïsme, ses bizarreries, l'écart d'âge entre eux, leurs façons si différentes de comprendre la vie, la demi-frigidité de Solange : ces circonstances étaient un peu les mêmes qui avaient assombri son propre mariage. Mais il ne se présentait jamais à son esprit qu'il en pût sortir autre chose que du bonheur. Elle était sincère dans l'apologie du mariage qu'elle allait faire à Costals, comme sont sincères ces pères sublimes qui disent de leur grosse, si le directeur de la pension leur apprend quelque histoire un peu « pénible » : « J'aimerais mieux qu'il soit mort, que de lui savoir ces mœurs!... », alors qu'eux-mêmes, au collège, étaient de fameux petits lapins. L'inconscience des jeunes gens qui se marient est excusable. Mais que penser de l'inconscience de ceux qui les marient, et qui, eux, savent ou devraient savoir? On croirait vraiment que la tarentule de marier est donnée aux gens par le génie de l'espèce, comme il leur donne la tarentule de s'accoupler.

Aux raisons de Costals de temps en temps Mme Dandillot répondait. Pleine d'arguments qui ne portaient pas, et n'imaginant même pas ceux — assez nombreux malgré tout — qui eussent pu ébranler Costals. Costals parla des nécessités de son œuvre, sans nulle fausse pudeur, en homme qui sait bien que c'est lui qui tient le bon bout.

— La plus pure œuvre d'art, est-ce que ce ne serait pas le simple battement d'un cœur? dit Mme Dandillot. Et puis, ce n'est pas une vie, cette solitude. Mariez-vous, et au moins vous aurez un bon feu, une bonne cuisine, de la lumière, du bruit, quelques embêtements bien sûr, la vie ne va pas sans cela, mais tout de même ce sera de la vie!

« Du bruit! » Voilà ce qu'il leur faut! Leur horrible pauvreté intérieure veut « du bruit » et pas de solitude : autrement, ils prennent conscience de leur néant. Ils me croient malheureux, parce que je suis seul. « Une bonne cuisine! » Ils croient que leur bonheur abject serait le mien. Et ils croient que ma vie n'est pas de la vie! »

Mme Dandillot, en effet, croyait sans doute que la vie de Costals n'était pas de la vie, puisqu'elle insista, daubant sur les vieux garçons. Il y a cependant célibataire et célibataire, et il est amusant d'entendre parler de la « solitude » de certains d'entre eux, quand cette « solitude » est peuplée de créatures ravissantes, comme jamais le mariage n'en pourra contenir; il y a une façon d'être marié dans le célibat, comme d'être célibataire dans le mariage. Quant à l'état d'esprit qui voit sous l'aspect « vieux garçon » la vieillesse d'un Flaubert, d'un Baudelaire ou d'un Nietzsche, mieux vaut n'en pas parler.

Il y eut, bien entendu, le topo « collaboratrice ». Et le topo : « Vous soigner quand vous serez vieux. » Puis le topo, plus classique encore : « Il faut bien faire comme tout le monde! »

— Une petite discipline vous ferait-elle peur? Vous avez toujours été votre maître, obéi à vos caprices, il faut tout de même un jour suivre la loi commune. Si vous ne vous mariez pas, vous finirez par avoir la nostalgie du foyer! Voyant un soir rentrer chez lui un brave petit employé, qui va retrouver femme et enfants, et la soupe chaude, vous soupirerez : « Ah! n'être que cela! »

Costals songeait au mot de Schiller (dans *Jeanne d'Arc*) : « Les dieux eux-mêmes combattent vainement contre la bêtise. » Il avait cité un jour cette phrase, dans un article qu'il envoyait à un quotidien du soir. L'article avait passé *in extenso,* sauf ladite phrase, qu'on avait fait sauter. On ne doit pas dire du mal de la bêtise dans un journal français.

Ensuite cette grande bourgeoise fit résolument l'article pour sa fille, comme un marchand d'esclaves pour sa négresse, ou un maquignon pour sa pouliche.

— Elle est parfaitement franche. (Costals hésita s'il lui était agréable ou désagréable qu'elle fût parfaitement franche.) Elle est très soigneuse : elle mettra de l'ordre dans vos affaires. (« Et les domestiques, à quoi servent-ils? ») Elle n'aime pas le luxe. Ah! ce n'est pas elle qui vous coûtera cher de robes! Une auto? Elle m'a dit : « Je ne veux pas avoir d'auto. » Elle m'a répété vingt fois que sa vocation était d'être soumise à l'homme, d'être une épouse orientale. (« Voire, une fois qu'elle sera dans la place. ») Elle vous aidera. Vous savez, elle n'est pas sotte! Elle tapera vos manuscrits.

« Elle ira pour vous chez les éditeurs et, comme elle est jolie, eh! eh! elle vous obtiendra de beaux contrats », achevait Costals, plein d'âcreté. La sympathie qu'il avait hier pour cette femme fondait comme neige au soleil. Et le fait que Solange pût être intime avec elle rejetait la jeune fille dans une région très lointaine. Et demain Mme Dandillot aurait des droits sur lui, le droit de lui demander des comptes, le droit de tout savoir de sa vie, le droit d'entrer chez lui à n'importe quelle heure et de fouiller dans ses affaires. (Il suivait des yeux ses mains peu féminines, aux fortes veines, ses mains noueuses comme des serres d'oiseau de proie.) Il songea au titre d'un roman qui venait de paraître : *Des inconnus chez moi*. « J'ai déjà trop d'une famille, et il faudrait en avoir deux! Épouser un individu, passe encore. Mais il faut épouser un troupeau d'inconnus, l'obscène tribu des pères et mères, frères et sœurs, oncles et tantes et cousins, qui ont des droits sur vous eux aussi, ne serait-ce, en mettant les choses au mieux, que celui de vous faire perdre votre temps. — Non, la société est folle. Tout cela est monstrueux. S'il me fallait à toute force me marier (si la loi m'y obligeait), je demanderais une enfant de l'Assistance Publique. Sans plaisanterie. »

Costals parla de la « lourdeur » des femmes. Il rappela un souvenir, qui semblait l'avoir impressionné : un jour, seul en périssoire, non loin du rivage, soudain la frêle embarcation avait pris du poids, il avait dû souquer, on eût cru qu'un maléfice paralysait le bateau; alors il avait entendu un rire : une nageuse s'était accrochée à la poupe, se laissait traîner, et cette nageuse était une femme qu'il aimait... Une autre fois, il avait vu une grenouille, accouplée à un poisson (c'était une grenouille qui n'était pas fixée), le tenir enserré entre ses pattes, et rester ainsi une journée entière jusqu'à ce que le poisson fût mort étouffé...

Costals faisait une si drôle de figure — si horrifiée — en racontant ces histoires, que Mme Dandillot trouva qu'il était « un amour » : la terminologie boutiquière lui venait assez aisément.

« Ainsi, vous avez donc si peur de la femme? » demanda-t-elle avec un air un peu triomphant. Costals eût voulu répondre que le fort des forts perd la victoire pour une escarbille dans l'œil, que le lion craint à bon droit le moustique, et qu'« une mouche qui meurt dans un vase de parfun en gâte toute la bonne odeur », comme le dit l'Écriture. Mais ce sont là des choses qu'il n'est pas facile de dire dans un salon, fût-ce un salon avec Faune de Pompéi, en simili-bronze, dûment braguetté, et palmier attifé d'un ruban rose comme un carlin; bref, dans un salon genre salon de dentiste, la seule différence étant que vous y attendez qu'on vous marie, au lieu d'y attendre qu'on vous arrache une dent. Mais la différence, pensait notre homme, est de peu.

— Parlons pratiquement, dit enfin Mme Dandillot.

Elle dit ce qu'elle acceptait. Ce qu'elle acceptait? Tout. Elle acceptait que le mariage se fît en province, dans une « intimité » réduite aux quatre témoins. Elle acceptait la séparation de biens : elle ferait à Solange une pension annuelle de tant, et lui donnerait une dot seulement après quelques années, le jour où leur union apparaîtrait solide. (« Bien avant, elle aura cessé de payer la pension, et tout cela finira par du papier timbré. Je connais la haute bourgeoisie », pensait Costals.) Elle acceptait qu'il n'y eût de cérémonie que civile; on passerait plus tard par l'église, quand le mariage aurait donné des garanties de durée. « Il est inutile de mêler l'Église à une parodie de mariage. » A ces mots, Costals tressaillit : c'était la même phrase que lui avait écrite Solange. Mme Dandillot lui avait-elle inspiré, dicté peut-être sa lettre (et alors Solange avait menti en protestant du contraire)? Ou si, comme les enfants, la petite fille n'avait que répété une parole qui l'avait frappée à la maison? Et, encore une fois, Costals était dégoûté par cette conception si lâche du catholicisme. « La religion des Européens est pire que s'ils n'en avaient pas du tout. » Il ne put s'empêcher de se fendre là-dessus.

« Cher Monsieur, je ne pensais pas, d'après vos livres, que ce serait vous qui me donneriez des leçons de religion! » dit Mme Dandillot, pinçant sa bouche de paysanne du Centre. Elle était de ces femmes qui vous font rire avec leurs mines pincées, et vous glacent avec leurs rires. Elle ne se sentait nullement offensée, mais elle jugeait que, puisqu'il s'agissait de religion, il était comme il faut d'avoir l'air un peu offensé. L'Église est un prétexte pour les mondains, comme

Jésus-Christ est un prétexte pour l'Église.

Costals, à son tour, rua un peu, mais, lui, il était sincère :

— Si je me piquais d'être catholique, je le serais parfaitement. Et si le Pape me proposait le chapeau, comme il le fit à M. de Turenne, qui n'y avait pas plus de titre que moi, je l'accepterais de bon cœur. Je le dis sans vanterie : je suis sûr que je ferais un excellent cardinal.

On entendit une poule qui pondait : étrange chose avenue de Villiers. C'était Mme Dandillot qui riait. Elle mettait sa main devant sa bouche quand elle riait, comme les gamines. Elle ne comprenait pas que Costals parlait sérieusement, et que, s'il était entré dans l'Église, il y eût été aussi solide que le Borgia Alexandre VI, un peu personnel pour les mœurs, mais qui sur la doctrine n'avait jamais fléchi d'un pouce.

La bonne mère opina que, mariés civilement, ils pourraient ensuite, de passage dans quelque trou de campagne, se faire bénir, comme ça, par le curé; ils lui laisseraient croire qu'ils étaient unis selon l'Église, mais prétendant qu'une petite bénédiction de plus leur serait un confort. Ainsi pourrait-on faire annoncer dans *Le Figaro* que « le couple a été béni par M. le curé de... », etc., sans mentir. Costals reconnut dans cette suggestion le génie même de la haute bourgeoisie.

Il demanda à réfléchir encore un peu. Mme Dandillot y consentit avec empressement. Si Costals se sentait sur une pente, elle aussi elle était sur une pente : celle de la complaisance infinie. « Quel manque de fierté! » songeait-il. Mais, après tout, il n'y a aucune différence entre les gens fiers et ceux qui ne le sont pas, puisque les gens fiers avalent exactement le même nombre de crapauds que les autres. Il n'y a pas de gens fiers; il y a les gens qui parlent de leur fierté, et les autres.

Il disait qu'il voulait réfléchir encore. En réalité, il voulait consulter son avocat, sur ce point, qu'il n'avait osé aborder chez Mme Dandillot : comment un homme peut-il divorcer, si sa femme s'y refuse et n'a aucun tort? Car Solange sortait intacte de cette conversation. Elle avait résisté même à l'aide maternelle. Elle tenait bon en lui.

Dehors : « Eh bien, tout cela n'est pas ordinaire. Est-ce que je rêve? Quelle aventure! » Il se sentait comme dans un train où il fût monté pour dire au revoir à un ami, qui se fût ébranlé sans qu'il eût le temps de descendre, et qui l'emportait il ne savait où.

Les femmes disaient de Maître Dubouchet qu'il avait l'air désagréable. C'est ce qu'elles disent d'un homme lorsqu'il a l'air grave, ou digne, ou seulement l'air sérieux. Maître Dubouchet était un pyrrhonien, qui se donnait un mal extrême pour avoir l'air sérieux; un tel effort est une nécessité au Palais : sans lui, tout le monde éclaterait de rire. Dubouchet se dédommageait de cet effort par les voluptés spéciales du prétoire. Pouvoir rougir, bramer, s'étrangler, s'éponger, insulter, pleurer, avoir la danse de Saint-Guy, en vue de prouver l'innocence d'un individu qui vous a avoué être coupable, dénaturer les faits, fausser les textes, se payer la tête de la victime, faire de l'esprit sur le dos des témoins, le tout soutenu par l'approbation, que dis-je! (mouvement de manches) que dis-je! par l'enthousiasme de la société, cela vaut bien quelques sacrifices, pour un homme dont toute la philosophie tient dans l'esprit de dérision. Chauve, glabre, avec des bajoues nobles, des lunettes d'or, Dubouchet avait l'air d'un penseur qui ne penserait pas, grande trahison à l'égard du pyrrhonisme, qui vaut mieux que cela. C'est dire cependant que son apparence était des plus respectables, sauf, bien entendu, lorsqu'il se promenait boulevard du Palais, au milieu des tramways, vêtu d'un peplum noir, et une bavette au cou, sans parler de ses ordres. Dubouchet n'était pas aimé, parce qu'il avait un peu trop d'argent, et le montrait. Et quiconque a de l'argent est un gorille pour qui n'en a pas.

— Le héros de mon roman, disait Costals à l'avocat, est une sorte d'idiot qui se laisse entraîner dans le mariage, par charité pour la jeune personne. Après quelque temps, il voit, d'évidence, que le mariage nuit à ce qu'il appelle son œuvre; j'ai oublié de vous dire que mon idiot était un idiot littéraire. Il veut divorcer. Mais il a épousé une fille extrêmement andouille, qui n'a aucune envie de le tromper, qui n'a aucun tort envers lui, et qui se refuse à divorcer.

— Rien à faire pour votre idiot littéraire, si la femme est sans torts, et se refuse au divorce. Le divorce dans ces conditions est impossible. Ils pourront vivre chacun de son côté : ils resteront époux.

— Voyons, Maître Dubouchet! Vous n'allez pas me faire croire qu'il existe en France une interdiction qui ne puisse être tournée! Mon fi... mon petit cousin me rapportait un jour la réponse d'un autre gosse, son camarade, devant qui il avait fait cette remarque : « Je me demande à quoi ça sert, les parents », et qui lui répondit sans hésiter : « Ça sert à ce qu'on leur mente. » Je vous dirai de même : à quoi servent les lois, si ce n'est à mettre à l'épreuve la malice des gens d'esprit?

— Évidemment, il y aurait un moyen... assez romanesque, mais puisqu'il s'agit d'un roman... Le divorce est prononcé quand le mari présente au Tribunal une pièce qui laisse supposer l'infidélité de la femme; par exemple, une lettre où la femme dirait au mari qu'elle en a assez de cette existence, que cela ne peut durer, suggérerait qu'elle a une affection ailleurs. Votre idiot pourrait demander à la jeune fille, lorsqu'ils sont fiancés, d'écrire une semblable lettre, qu'il garderait en sa possession, et n'aurait qu'à mettre à la poste le jour où il en aurait assez. Mais est-il vraisemblable qu'une fiancée consente à écrire un poulet de cet acabit? Il faudrait pour cela qu'elle fût diablement âpre à se faire épouser, et, pour ma part, je ne serais pas sans inquiétude sur le caractère de la jeune fille qui ferait cela. Mais peut-être votre héroïne est-elle ainsi?

« Quoi qu'il en soit, pensa Costals, qu'elle soit poussée par l'amour, ou par le désir effréné que " cette chose se fasse ", elle écrira la lettre. Je ne la vois pas bien regimber devant un agenouillement. Que pensera-t-elle? Sans doute ce qui est : que j'aime ma destinée plus que je ne l'aime, elle. Une fois de plus, je l'aurai mise en situation de savoir à quoi s'en tenir; c'est dire que j'aurai agi avec elle honnêtement. »

— Est-ce un parachute qui s'ouvre ou un parachute qui ne s'ouvre pas?

— Normalement, il doit s'ouvrir.

— Alors, ayez la gentillesse de me rédiger cette lettre. Et pesez les termes, je vous en prie. Je veux que mon idiot atterrisse sain et sauf dans les prairies ravissantes de la liberté recouvrée.

— Vous avez un stylo? Je vous dicte. *Mon ami...* Non, ne mettons pas : *mon ami.* Commençons *ex abrupto : Si je vous écris ceci, c'est que, en votre présence...*

— *... je me sens annihilée.* Parfait, vous avez tout de suite trouvé le ton. Laissez une ligne blanche, je remplirai : tatata et tatata. Ensuite?

— *Il faut bien le constater : notre expérience est un échec. Sans doute m'aviez-vous toujours prévenue que je devrais passer en second dans votre vie, après votre œuvre. Mais je n'imaginais pas ce que cela pourrait être en réalité. Je le vois bien, je ne compte pas pour vous, et... et...*

— *... et, bien que vous cherchiez à le dissimuler, avec cette générosité que je vous ai toujours connue...* Excusez, je suis si habitué à rédiger des articles sur moi-même, que les épithètes flatteuses me viennent malgré moi : il y a là un tic irrésistible... *vous le montrez, votre nervosité aidant, avec une cruauté incons-*

ciente qui souvent me meurtrie. Je mets une faute d'orthographe à *meurtrit,* parce que la jeune femme est censée être dans les orages de la passion. D'ailleurs, cela fait partie de ses dons, de ne savoir pas l'orthographe.

— A la ligne, dit Dubouchet.

— Non, dans les orages de la passion on ne va pas à la ligne.

— *Je vous l'avoue, je ne peux plus supporter cette vie où, pour être femme d'écrivain, je ne dois plus être femme du tout.*

— Ça, c'est trop bien, on penserait tout de suite que c'est de moi. Mais laissez : je le mettrai en charabia. Ce qu'il faudrait maintenant, c'est qu'elle l'insultât un peu. Est-ce que ceci irait? *Vous, vous avez toujours pensé que ma présence finirait par vous être lourde, mais moi je ne croyais pas que la vôtre pourrait me le devenir à ce point...*

— Et maintenant la phrase capitale :... *ni que je puisse un jour entrevoir une vie où ce serait une autre présence que la vôtre qui serait capable de me rendre heureuse. Ne me répondez pas. Le seul but de cette lettre est de vous empêcher d'être pris au dépourvu, si ce que vous souhaitez sans doute s'accomplissait.*

— Vous croyez que ça suffira? demanda Costals, avec le même regard que jette le passager de l'avion sur la frêle forme du parachute dans sa gaine.

— Si cela ne réussit pas, rien ne réussira.

« Attendez, dit Costals. Il faut que je saupoudre ça de quelques paillettes du génie d'Ève. » A la fin d'une phrase sur deux il mit trois points de suspension, et, à la fin de chacune des autres, un point d'exclamation. Il termina la dernière phrase par : *Et voilà!* Dubouchet rit :

— Bravo pour le *Et voilà!* C'est vrai, quand une femme ne sait pas exprimer ce qu'elle veut dire, ou seulement quand elle n'a rien à dire du tout, elle met : *Et voilà!* Il y a des abîmes dans cet *Et voilà!*

— Permettez! Selon moi, la femme écrit *Et voilà!*, au contraire, lorsqu'elle est particulièrement fière d'être venue à bout de rendre ce qu'elle pensait ou ressentait. *Et voilà!* est un cri de triomphe analogue au cot... cot... cot... de la poule qui vient de pondre, en même temps qu'un puéril défi : « Voilà ce que je pense, ah mais! Un point, c'est tout. J'ai dit. »

Ils disputèrent un peu là-dessus, mais tous les deux étaient d'accord pour reconnaître que *Et voilà!*, de quelque façon qu'on l'entendît, était lourd de tout le *mystère insondable du sexe*. Le *sourire ensorceleur*, etc., etc., de la *Sphynge éternelle*, etc., etc., brillait *adorablement*, etc., etc., sur le visage de *Et voilà!*

Avant de se séparer, ils se gargarisèrent une dernière fois de leur supériorité illusoire ou réelle :

— Alors, vous non plus, dit Costals, vous ne croyez pas au mystère insondable de la femme? C'est drôle, tous les hommes, lorsqu'ils parlent de cela dans le privé, sont du même avis : il n'y a pas l'ombre de mystère dans la femme. Mais, s'ils ont à écrire de la femme, ou à parler d'elle en public, enfin s'ils ont à s'exprimer officiellement sur son compte, les voici qui y vont de leur couplet sur *Ève mystérieuse.* Je crois que dans ces moments-là, agissant en tant qu'êtres sociaux, ils prennent inconsciemment le rôle de héraut et de sergent recruteur de l'espèce. L'espèce, d'évidence a besoin que les femmes soient surfaites. Où irions-nous, si l'homme se mettait à ne voir dans la femme que ce qu'elle est ! Pour moi, de même que l'homme ne désire pas la femme parce qu'il la trouve belle, mais la décrète belle pour justifier son désir, de même l'homme ne rêve pas de la femme parce qu'il la trouve « mystérieuse », il la décrète « mystérieuse » pour justifier son rêve d'elle, rêve que la société, beaucoup plus que la nature, lui inculque par tous les moyens en vue de l'espèce.

— Il y a trente ans que je vois, dans ce cabinet, des femmes, et des femmes dans le moment où elles mangent le morceau. Eh bien, je vous dis : un homme lucide lit dans n'importe quelle femme à livre ouvert : il voit tous ses sentiments se mouvoir en elle, comme on voit des poissons se mouvoir derrière la vitre d'un aquarium. Mais la plus lucide des femmes a beau tourner autour du sexe mâle, regarder furtivement, écouter à ses portes, l'homme reste pour elle impénétrable. Une preuve : si faiblement tracés que soient souvent les caractères féminins dans les romans écrits par les hommes, jamais ils n'égalent la faiblesse grotesque des caractères d'hommes dépeints par la plume des romancières.

Ils se gargarisèrent encore un brin de temps, mais nous en avons assez. Quoi qu'il en soit, qu'il y ait ou non un mystère de la femme, il y a un mystère de l'homme. Le mystère de l'homme, c'est que la femme puisse l'aimer.

Un quart d'heure après, chez lui. Ce brusque décalage du plan sordide au plan éthéré, de la roublardise juridico-vaudevillesque à la tête renversée de cette femme et à sa face défaite d'amour.

Ensuite :

— J'ai vu mon avocat. Il m'a dit : « Il y aurait un moyen pour que votre héros s'échappe (j'avais prétendu qu'il s'agissait du héros d'un roman que j'écris), si l'expérience ne lui vaut rien. Mais il faudrait que votre héroïne fût une jeune fille qui l'aimât profondément, qui eût une immense confiance en lui, qui fût une jeune fille comme on n'en voit plus, une vierge à l'antique, une héroïne de Corneille. Est-elle ainsi, dans votre livre? » Je lui ai dit que, sans que la jeune fille de mon livre fût à proprement parler une héroïne de Corneille, il n'était rien de grand et de généreux qu'elle ne fût prête à accomplir. « Alors, m'a-t-il dit, voici le moyen. »

Il lui expliqua l'affaire, lui mit la lettre sous les yeux. Il avait un peu honte, et, comme ils étaient assis dans des fauteuils, il recula son fauteuil, soit pour qu'elle ne vît pas son visage en cet instant, soit pour ne voir pas le sien. Mais elle se retourna vers lui avec un sourire :

— Je vois ça, c'est un *rendu*.

— Qu'est-ce que c'est qu'un *rendu?*

— Quand on vous livre un objet qu'on a acheté dans un grand magasin, s'il ne vous convient plus, on peut le rendre. Ça s'appelle un *rendu*.

— Vous êtes une fille sublime, dit-il, touché de la voir prendre cela si doucement. Moi, j'avais appelé ça la *lettre-parachute;* mettons que ce soit un rendu-parachute. M'aimez-vous assez, êtes-vous vraiment assez cornélienne pour m'écrire une pareille lettre?

Elle dit :

— Oui,

de sa voix posée.

— Merci. Vous êtes décidément quelqu'un de docile, et c'est ainsi que j'aime les êtres. C'est ainsi que je veux que vous soyez, toujours. Je veux que vous soyez pour moi comme un chèche. On appelle chèches des écharpes arabes que l'on peut plier dans tous les sens, dont on peut faire tout ce qu'on veut, et les Arabes ne s'en privent pas : leur chèche leur tient lieu alternativement de foulard, de chapeau, de serviette, de corde, de voile, de filtre, de sac, de chasse-mouches, de ceinture, de mouchoir, de caleçon, d'oreiller. Je ne vous ai pas élevée à moi pour que vous soyez autre chose que moi-même. Je veux que vous soyez moi, et rien d'autre. Pour que je n'aie jamais à me défier de vous. Pour que je ne sois jamais las de vous.

Le brouillon de la lettre était sur la table. « Ce qu'il faudrait, c'est qu'elle l'écrivît tout de suite. » Mais il avait osé faire le premier pas : il n'osait pas faire le second, sa dose d'effronterie était épuisée pour le quart d'heure; elle se reformerait d'elle-même, mais il fallait un peu de temps, comme pour la force répandue de l'homme. D'ailleurs, il n'avait là que son propre papier à lettres, ou les feuilles « dactylo » sur lesquelles il écrivait ses manuscrits, et ces papiers seraient reconnus pour siens par le Tribunal; il fallait ou du papier à elle, ou n'importe quel papier à lettres résolument « féminin », c'est-à-dire tape-à-l'œil. Ils parlèrent donc d'autre chose.

Il se disait : « Le fait-elle par amour pour moi, ou seulement par passion hippogriffale? Est-ce une amoureuse ou une ambitieuse? D'ailleurs peu m'importe, je ne vais pas me casser la tête à prospecter ce qu'il y a dans une âme. Si c'est par amour, c'est admirable, et il y a de quoi me décider au mariage. Si c'est par ambition, elle est un monstre, et ce serait intéressant, de vivre avec un monstre. » « Vos affaires sont en bonne voie », lui dit-il, sur le pas de la porte.

JOURNAL DE COSTALS

23 août. — C'est une situation véritablement infernale que celle où je suis depuis cinq semaines : ne l'aimant pas assez pour sauter le pas, l'aimant assez pour souffrir de ne pas le sauter. Hier, en la quittant, je lui disais : « Vos affaires sont en bonne voie. » Ce matin, au réveil, tout est remis en question. Depuis cinq semaines, plus de liberté d'esprit, plus de goût à rien. Ma vie à la fois éparpillée et bouchée. Chaque matin dans une disposition nouvelle, et à la merci de la plus futile influence. Si je vais à la fenêtre, et vois dans l'avenue un joli visage, je m'écrie : « Abandonner la chasse aux minoutes! Oh non, c'est trop affreux! » Un entrefilet de journal où l'on raconte l'histoire d'un jeune paysan qui, à la question fatidique du maire : « Prenez-vous pour femme...? » répond : « Non », « se sauvant ainsi de l'irréparable », ajoute le journaliste, me montre combien la « sagesse universelle » trouve réellement que c'est là quelque chose d'irréparable. Me voici dans le *non*. L'instant qui suit je me souviens d'un mot qu'elle a prononcé, ou de son lapin en peluche, et je me retourne et vogue vers le *oui*. Ce balancement perpétuel me brise. Ma disposition change, à la lettre, *de minute en minute*. Tantôt j'ai peur d'elle, de sa mère, de tous les siens, de cet engrenage horrible, et tantôt je me gonfle, comme une voile qu'on largue, en pensant que je peux la rendre heureuse. (J'avais des maîtresses pour me rendre heureux. J'aurai pris une femme pour la rendre heureuse. Chacun son tour.) Dans l'instant où j'écris ceci, ce que je voudrais, c'est partir sans la revoir, aller au Maroc, y passer trois ou quatre mois avec ma chère Rhadidja, et à mon retour reprendre Solange pour maîtresse, rien de plus. Le nombre et la confusion de mes velléités, et la rapidité avec laquelle elles se succèdent, sont telles que je n'arrive pas à l'exprimer.

Quelle que soit la décision finale, le malheur est sur moi, pour longtemps. Si je l'épouse, ce malheur est une certitude absolue. Si je ne l'épouse pas, j'aurai toujours, dans ma liberté retrouvée, le remords de l'avoir fait souffrir, la pensée que peut-être, avec elle, j'aurais été plus heureux que je ne le suis, l'inquiétude, tant qu'elle sera fille, de me dire qu'il n'est pas encore trop tard...

Le train m'emporte... Et ce mélange d'appréhension et d'attrait, comme dans celui qui m'emportait pour la première fois vers le front.

Ce drame est le plus bourgeois des drames. Si j'en faisais un roman, ce serait un roman affreusement plat et prosaïque, sans une échappée; il faudrait qu'il fût ainsi, puisque le propre de la chose nuptiale, c'est qu'elle est sordide. Crise de l'adolescence, crise de la guerre (faut-il me conduire proprement?), crise par satiété de bonheur, crise née du devoir de faire mon œuvre, alors que je voudrais vivre et seulement vivre : toutes mes crises étaient sur un certain plan, honorable. Mais celle-ci? Celle-ci, c'est *Triplepatte*. Exactement, je suis Triplepatte. Ce drame a malgré tout un peu de noblesse : d'une part, parce que c'est mon œuvre que je veux sauver; de l'autre, parce que tout le mal vient de mon horreur de faire souffrir Solange. Cela ne l'empêche pas de rester sur le plan sordide. Le fait « mariage » corrompt tout.

24 août. — Je veux que vous m'oubliiez et je veux que vous ne m'oubliiez pas. Quand vous n'êtes pas tendre, je le ressens; quand vous êtes tendre, je vous crois calculatrice. Posée, je vous dis froide; chaude, je vous dirais accablante. C'est moi l'élément de tourment entre nous, et ce n'a jamais été que moi.

Moi qui voudrais n'être que l'herbe rase où les vaches posent leurs mufles sans la brouter.

On tombe toujours malade le dimanche, quand les pharmacies sont fermées et les médecins en vadrouille. On a toujours besoin de conseils d'affaires urgents en août, quand Paris est vide. Horrible août 1927. Dans le Jardin des Plantes — une des hontes françaises, — l'ours va à droite et à gauche, sans jamais de répit; le lion, sur place, l'œil mort, oscille d'une patte sur l'autre. Pareil à ces bêtes que la claustration et l'idée fixe ont rendues névropathes, Costals, enfermé dans cette cage qu'est un amour qu'il n'éprouve pas, balance d'un côté puis de l'autre. Notre fier-à-bras, disons-le tout net, c'est maintenant un pauvre type qui a besoin d'un conseil, qui a besoin *d'être influencé*. Voilà ce qu'a fait de lui l'idée de mariage! Mais pourquoi accuser Paris désert, s'il ne trouve pas les gens qui pourraient lui être utiles? Qu'on n'en accuse que son orgueil. Paris serait plein, il ne trouverait pas davantage. Aller exposer sa situation ridicule à un ami, un parent, jamais! Qu'on le voie dans cet état, lui toujours si maître de sa vie, jamais! Par orgueil, il préfère commettre une bêtise, peut-être irréparable, sans y mêler personne, à se l'épargner en prenant conseil de quelqu'un de sûr. Ce mariage n'est possible que sous une forme : le mariage-surprise. D'un coup, comme on avale une purge.

Pourtant, à la fin du mois, il faiblit. Un tel besoin de parler de tout cela, à qui que ce soit... Aller dire à Maître Dubouchet : « J'ai un héros de roman qui... », cela ne suffit plus. Il faut qu'il dise carrément, à un homme d'expérience : « Voilà, je suis porté à me marier dans telles conditions... Que me conseillez-vous? » Alors, puérilement, comme les croyants se confessent à un prêtre, à cause du secret de la confession, aussi parce qu'ils le croient un homme bienveillant et secourable, Costals se dit qu'il faut « tout avouer » à Dubouchet, lié lui aussi par le secret professionnel, et habitué par son état à « se pencher » sur les misères des gens. Il lutte contre soi-même, il s'apprête à lui téléphoner, se réjouit que l'avocat ne soit chez lui qu'à une heure, ce qui lui donne deux heures de répit, à une heure téléphone, pour s'entendre dire par la femme de chambre que Monsieur est parti en vacances, et ne rentrera pas avant trois semaines.

La solitude se referme. Oh! il faut qu'il brise ce cercle! Si un homme de loi lui confirme que, automatiquement, la lettre-parachute lui permet de faire prononcer le divorce, que risque-t-il? Quelques mois d'épreuve. Il songe à son notaire, lui téléphone, prend un rendez-vous pour cinq heures. Puis réfléchit que ce notaire est le notaire de toute sa famille; s'il apprend, dans quelques mois, que Costals s'est marié, il clabaudera partout l'histoire de la lettre-parachute. Costals téléphone pour se décommander.

Il se souvient d'un avoué à qui il tint la jambe pour un litige d'ordre littéraire, et qui ne connaît pas sa famille. Téléphone. L'avoué est en vacances. (« Toujours à se les rouler! » grogne Costals, qui est en vacances toute l'année.) Mais le premier clerc peut le recevoir. Rendez-vous.

Les usages veulent qu'une étude de notaire ou d'avoué français soit un lieu très poussiéreux et malpropre, comme si par là était affirmé le sérieux de la maison, et que dans ce taudis-sanctuaire on ne s'arrête pas aux apparences. L'étude de Maître S... était conforme aux usages. Dans un fauteuil d'osier, épave, eût-on dit, de quelque pension de famille de troisième ordre, où des générations de derrières d'institutrices l'eussent défoncé, Costals attendit son tour, rayonnant d'humilité.

M. le premier clerc de l'étude S..., cinquante-huit ans, cinquante-quatre pour les dames, était ignoble des pieds à la tête. Mettons de la tête au nombril, car, assis à son bureau, on ne le voyait que jusque-là. Ses cheveux étaient teints outrageusement, calamistrés, séparés au milieu par une raie bien nette, sa moustache teinte était relevée à l'ancienne mode. Derrière un lorgnon cerclé d'acier et posé de travers, ses yeux passaient continuellement de la tyrannie minuscule à la peur. Son nez était ignoble, avec le bout rond, gros et retroussé. Sa bouche était ignoble : déformée sur ses bords, luisante, baiseuse, suceuse et lécheuse : une bouche à cancer dans trois ans; une cigarette éteinte en pendait. Sa viande retombait sur son col, qui était en celluloïd, à coins cassés. Son menton avait des fossettes, ma chère! Une épingle était plantée dans le nœud même de sa cravate. Il portait deux gilets (en août!). Son air grognon et faux, regardant de côté, respirant la platitude avec les supérieurs, la férocité avec les petits, le restaurant à sept francs, où on fourre dans sa poche les deux noisettes qui restent, parce qu'il ne faut rien laisser, où on pelote sournoisement les serveuses, quitte à les faire foutre à la porte si elles ne marchent pas. Il avait l'air d'un sous-chef de bureau dans un ministère, mais dans un ministère pas chic.

Costals lui fit un galimatias, avec l'histoire de son héros de roman et de la lettre-parachute. Quand il fut au bout, le bonhomme éclata de rire :

— Cette lettre que vous a dictée votre ami l'avocat, c'est du domaine de la fantaisie.

Loin de servir votre personnage, elle se retournera contre lui. Vous pensez bien que la femme, si elle ne veut pas du divorce, mangera le morceau, expliquera l'origine de la lettre.

— Mais le Tribunal ne trouvera-t-il pas cela bien invraisemblable?

— Il ne le trouvera pas invraisemblable, puisque votre héros est un littérateur, dit le premier clerc, qui connaissait son monde. De toute façon, ses soupçons seront éveillés. Il fera faire une enquête, de laquelle il résultera que la femme n'a pas l'amant qu'elle laisse deviner, et que tout cela a été fabriqué d'avance. Alors la fameuse lettre sera entachée de nullité pour immoralité, et le Tribunal refusera le divorce, ne fût-ce que pour donner une leçon à cet époux par trop prévoyant. Qui sait même si celui-ci ne sera pas poursuivi pour outrage aux magistrats? Non, Monsieur, sauf respect pour votre ami, tout cela ne tient pas debout. De l'imagination, ça, les avocats n'en manquent jamais. Mais pour le reste!...

Costals était effondré. S'il n'y avait aucune sortie de secours à ce mariage, il ne fallait plus y songer. Et il regardait ce misérable bonhomme, qui était pourtant *l'homme qui savait,* l'homme à qui était suspendu le *oui* ou le *non* de son destin, le *oui* ou le *non* du destin de Solange; il le regardait, se sentant tout pauvre devant lui, et triste comme une médaille de la Mutualité.

« Mais puis-je me fier à ce qu'il dit? » Son doute était justifié : les erreurs ne manquaient pas dans les paroles du premier clerc (il serait fastidieux de les énumérer). « Après avoir contrôlé les dires de l'avocat par le clerc d'avoué, il me faudrait faire contrôler le clerc d'avoué par le notaire. Ensuite, je ferai contrôler ce que m'a dit le notaire par un procureur général. Oh! nous avons du pain sur la planche. » Ainsi le quidam à qui le docteur A... vient de dire qu'il a un cancer va consulter le docteur B..., qui lui dit qu'il est parfaitement sain. De là il court consulter le professeur C..., qui lui dit qu'il ne s'agit pas de cancer, mais qu'il est tuberculeux. Ces divergences sont très probablement une des harmonies de la nature : trois thermomètres, au mur de votre chambre, consultés au même instant, ne marquent jamais la même température. « Allah connaît mieux la vérité. »

Alors il se fit une chose étrange : ce Costals, toujours plus ou moins ivre de lui-même, toujours plus ou moins pétant le feu, dans son besoin que son affaire fût prise au sérieux et qu'on vînt à son secours, consentit à une humiliation sans pareille : il se mit tout entier entre les mains de l'être immonde.

— Écoutez, Monsieur, j'aime mieux vous dire la vérité : il ne s'agit pas d'un personnage de roman, il s'agit de moi.

Le premier clerc ôta son lorgnon, et fixa Costals.

— Cette histoire de lettre doit vous paraître assez peu élégante. Pourtant la jeune fille, croyez-le, est une jeune fille parfaite : je suppose qu'elle accepte cela par amour de moi; les gens sont tellement bizarres! Et la famille de la jeune fille est, elle aussi, une famille excellente. Le grand-père était avocat général. Le père a été un des fondateurs des Jeux Olympiques. Commandeur de la Légion d'honneur...

Le premier clerc s'inclina un peu, voulant dire par là : « Je vous félicite. Je vois que tout va se passer dans un domaine très bien. » Quelle que fût sa détresse (le mot n'est pas trop fort), l'ancien Costals, Costals le roué, n'avait pu s'empêcher de sourire intérieurement en donnant la cravate à M. Dandillot.

— Remarquez que je n'ai aucune envie de me marier, poursuivit l'écrivain, qui trouvait si ridicule de se marier qu'il ne pouvait s'empêcher de plaider les circonstances atténuantes, fût-ce devant un inconnu patibulaire. — Je le fais pour être agréable à cette jeune personne...

— Attention! scanda le premier clerc, avec sévérité. Je vous dis : « at-ten-tion! » Je considère que je manquerais à mon devoir si je ne vous mettais pas en garde contre un mariage fait dans ces conditions-là.

— Eh! À qui le dites-vous! Ce n'est pas à moi que vous allez apprendre que ce mariage est une insanité. Je ne cesse de le dire à la jeune fille. Et c'est pourquoi, précisément, la question de l'efficacité de cette lettre est pour moi si importante. Notez toutefois que la jeune personne est prête à me faire une promesse solennelle qu'elle consentira au divorce — par quelque comédie que ce soit — si elle voit que la vie est pour moi intenable.

— Bien entendu, toutes les jeunes filles feront une semblable promesse, *avant*. Mais *après ?*... Ignorez-vous l'art des femmes de revenir éternellement sur ce qui est acquis?

— Les femmes ne sont pas toutes si mauvaises, dit Costals, qui n'aimait pas entendre dire du mal des femmes, comme s'il tenait que ce sujet-là était son bien particulier.

— Ignorez-vous aussi le vieil adage : « En mariage, trompe qui peut »? Il n'est pas d'exemple d'un mariage où l'un des conjoints n'ait été plus ou moins trompé par l'autre. En cette matière le pire est possible, et sans jamais sortir de la parfaite honorabilité.

« L'effronté! pensait Costals. Suis-je venu pour m'entendre dire cela? Ces maximes horribles! Je suis venu pour être encouragé à me marier. » Il lorgna l'annulaire du premier clerc, vit qu'il avait une alliance, comme Dubouchet en avait une. « Ah! ils le sont tous! Ils parlent d'expérience! D'ailleurs il n'y a qu'à les regarder : c'est bien la race à alliances. »

— Donc, nulle précaution n'a d'efficacité

certaine. Il faut s'embarquer sans canot de sauvetage.

— Nulle précaution n'a d'efficacité certaine. Mais tenez, c'est bien simple, je vais vous faire voir le Code civil...

— Non, pas ça, surtout! Si je mettais le nez dans le Code civil, je deviendrais fou tout à fait. Je suis déjà sur la voie : ça suffit.

— D'ailleurs, croyez-moi, ce sont toujours ceux qui prennent le plus de précautions qui sont les premiers roulés. Quand on veut se marier, il faut se bander les yeux, et piquer une tête sans regarder en arrière.

— Vous permettez que je note tout de suite les renseignements que vous m'avez donnés?

— Mais certainement. Tenez, voici papier et plume.

Costals nota : « Ignoble des pieds à la tête. Sa raie bien nette. Yeux passant continuellement de la tyrannie minuscule à la peur. Bouche baiseuse, lécheuse. Sa viande retombe sur son col cellulo. » Il mettrait le personnage dans un de ses romans.

— Excusez-moi, je vous retiens, dit-il, avec une affabilité sincère.

— Pas du tout! Prenez tout votre temps.

Costals enveloppa l'homme d'un dernier regard, et nota : « Nez ignoble. Air grognon et faux. Bouche à cancer dans trois ans. Et des fossettes au menton, ma chère! »

— Merci! Vous êtes la complaisance même. Je ne sais pas si je suivrai vos conseils, mais, de toute façon, notre quart d'heure ensemble n'aura pas été perdu pour moi. — Puis il prit congé.

« Se bander les yeux, et piquer une tête sans regarder en arrière, songeait-il. C'est bien ce que je disais : le mariage-surprise. » A quoi bon voir des hommes de loi qui le tourmentaient? Tout se passait comme s'il ne demandait conseil qu'une fois son parti pris. Il avait beau convoquer tous les motifs « contre » (les prenant jusque dans le visage, le corps, la façon de faire l'amour de Solange), rien de tout cela ne l'éloignait d'elle; rien de tout cela qui ne fût dépassé; il semblait qu'il fût au delà de la décision. Cela s'était fait par un entraînement insensible, comme tout se fait, comme la guerre arrive : on se réveille embringué. Le 3 septembre il note dans son journal : « Il est absolument incompréhensible pourquoi je l'épouse. » Et, le 4 : « A mesure que je vais, je vois de mieux en mieux les raisons de ne pas l'épouser. Et cependant il est de plus en plus certain que je le ferai. »

Le lendemain il fut invité par Mme Dandillot à une nouvelle tasse de thé prénuptiale.

Lorsqu'il pénétra dans le salon des Dandillot, Costals fut frappé par l'odeur de tabac blond qui y stagnait, assez répugnante à son goût, et il se souvint de ce que Solange lui avait dit : sa mère ne fumait pas, sauf toutefois lorsqu'elle se sentait par trop nerveuse.

— Il me semble que la situation se présente assez bien pour vous, dit-il, d'abordée. En somme, en admettant que *la chose* se fasse, on pourrait prévoir cela pour octobre. (Il ne prononçait jamais, avec elle, le mot *mariage*, à la fois à cause du ridicule de ce mot, et dans l'esprit où certaines peuplades primitives, par crainte, ne nomment pas leurs dieux, n'en parlent que par périphrases.) Cela pourrait se faire à Perros-Guirec, où j'ai eu dans le temps une cabanette. Il faudra que je m'informe si les deux témoins peuvent être réduits à un seul par conjoint. (Il n'imaginait pas du tout à qui il demanderait d'être son témoin, répugnant à se faire voir dans une situation aussi grotesque à quelqu'un qu'il estimait.) Vous, par exemple, si vous tenez absolument à venir... (Il se sentit magnanime, et marqua le sacrifice qu'il faisait au compte de doit et avoir qu'il tenait déjà avec la famille Dandillot.) Croyez-vous que, comme témoin pour moi, n'importe qui de Perros-Guirec suffirait? Quand j'ai eu à déclarer à la mairie la mort de mon père, j'ai été chercher un témoin chez le bistrot, à qui j'ai donné cent sous...

Le visage de Mme Dandillot s'était allumé, exactement comme une pièce où on tourne le commutateur en entrant. Elle avait tant craint qu'il ne lui annonçât : « Chère Madame, il ne faut plus songer à cela! » Tout de suite elle galopa à travers l'avenir.

— Perros-Guirec est très amusant... Ensuite, vous pourrez aller dans un petit coin perdu, pour y cacher votre amour. (A ces mots « cacher votre amour », Costals frissonna; supposé qu'il eût aimé, cela eût dégonflé son amour sur-le-champ, comme un coup d'épingle dans une baudruche.) A la fin du mois, vous reviendrez vous installer à Paris. (« Alors, c'est déjà elle qui commande? ») Je pourrais, pendant votre absence, vous dénicher un appartement. (Costals, qui depuis neuf ans cherchait à l'état continu un appartement, sans en trouver un qui fût strictement adapté à ses besoins, à ses fantaisies et à ses manies, mesura l'abîme qui le séparait de Mme Dandillot, et du genre humain en général.) Puisque vous seriez sous le régime de la séparation de biens, Solange apportera ses meubles.

« Serait-ce des choses vous appartenant, ou des choses nouvellement achetées? » demanda l'écrivain, inquiet. Solange voudrait peut-être apporter le Faune de Pompéi. Lui, il ne l'accepterait à aucun prix. Première cause de dissentiment. Mais non pas, hélas, cause de divorce.

— Tout serait neuf, dit Mme Dandillot, qui n'avait pas oublié le mot de Costals sur le « bric-à-brac des Français ». Et d'ailleurs, vous choisiriez avec elle. Il faut qu'un homme ait un intérieur qui lui plaise.

« A la mairie, je serai en veston », dit Costals, qui avait oublié ce détail. Comme tous les gens de son espèce, vague sur les ensembles, il voyait les vétilles avec minutie.

« Je crois même qu'aucune loi ne vous interdit de vous marier en col mou », dit Mme Dandillot, riant. Son visage exultait.

— Solange a dû vous dire que nous étions convenus que j'aie trois mois par an de vacances conjugales, où je partirais au loin, me détendre.

— Elle me l'a dit. Au premier abord, j'ai trouvé cela un peu étrange. Mais, après tout, beaucoup de femmes restent assez longtemps éloignées de leurs maris. Les femmes d'officiers de marine...

— Et cette sorte de vivacité d'imagination, qui me porte à vouloir lier connaissance avec toutes les femmes agréables que je rencontre...

— J'ai l'esprit large. Je comprends très bien qu'un homme, quand il est en voyage, par exemple... Mais à condition, bien entendu, que la brave petite n'en sache jamais rien.

« Adultère et mensonge sont licites et recommandés! » songeait Costals. Il aimait, Dieu sait! les mères complaisantes. Mais, en cet instant, il se sentit un peu dégoûté.

— Il reste toujours un point très important : l'acceptation par Solange du divorce, au cas où celui-ci deviendrait absolument indispensable. Solange m'a donné sa promesse solennelle qu'elle ne s'opposerait pas au divorce.

— Elle me l'a dit cinquante fois : « Crois-tu que je lui imposerais ma présence si je savais que cela le rend malheureux? » Elle ne ferait jamais cela, elle a trop d'orgueil. Dans ce cas, elle quittera purement et simplement le domicile conjugal, et viendra habiter chez moi : cas de divorce automatique.

— Est-ce un cas de divorce automatique? demanda Costals, à qui ces mots « cas de divorce automatique » donnaient une poussée de joie, comme si Solange venait de quitter le domicile conjugal à l'instant, emportant le Faune de Pompéi.

— Sûrement. N'avez-vous jamais lu le Code civil?

— On a voulu me le faire lire, récemment. Mais j'ai pensé que ce serait une véritable catastrophe.

« En effet, je ne vous vois pas bien vous débattant avec le Code civil! » dit Mme Dandillot, riant, pleine de sympathie. Cet homme célèbre, consulté, qui passait pour dur et « pas commode », c'était un véritable enfant! Elle ne pensa pas précisément : « Je le mènerai comme je voudrai », mais elle le pensa confusément. Et, dans l'euphorie qui montait en elle, elle lui versa une nouvelle tasse de thé. Lui, cependant, il songeait : « Ni Dubouchet ni le premier clerc ne m'ont jamais dit qu'il y avait un cas de divorce automatique. La légèreté de ces gens! A aucun moment ils ne se sont rendu compte qu'il s'agissait pour moi de choses vitales... » Il se rappelait aussi le mot de Mme Dandillot, sur « l'orgueil » de sa fille, et il en souriait, convaincu que Solange n'avait pas un atome d'orgueil, ou de quoi que ce fût d'approchant. Mais les femmes se vantent de leur orgueil, réel ou imaginaire, quand les hommes cachent le leur. Parce que les femmes aiment qu'on les envie, et les hommes le craignent. Cependant il sentit le besoin d'une sécurité de plus :

— Puis-je avoir votre promesse solennelle, à vous aussi, que vous ne pèserez pas sur elle pour empêcher le divorce?

— Je vous en donne ma promesse solennelle.

— Saadi, bien qu'amoureux de sa femme, l'abandonne afin de se consacrer à son travail, et écrit à son beau-père une si belle lettre sur la liberté, que celui-ci lui pardonne. Je vous écrirai une pareille lettre.

« Les Corses ont toujours une façon de faire bien à eux », dit Mme Dandillot. Elle pensait que ce Sadi devait être un Corse. Il y avait Sadi Carnot, et on sait que tout le haut personnel républicain est Corse.

— J'avais pensé à vous dire différentes choses importantes, mais je les ai oubliées... Ah! si, une, par exemple... Si le mari interdit à la belle-mère l'entrée du domicile conjugal, est-ce que, ça aussi, c'est un cas de divorce automatique?

— Eh bien, cher Monsieur! Si vous en êtes déjà là!

— Ne faut-il pas toujours prévoir le pire?

— Je n'ai jamais vu un mariage se faire dans de telles conditions! s'écria Mme Dandillot, sans aigreur, mais arrivée à un point où elle était à ras bords.

— C'est vous qui désirez *cette chose*, pas moi, dit Costals, un peu sec.

— Cher Monsieur, si réellement ce mariage est pour vous une croix si lourde à soulever...

— Non, non, dit Costals, regardant par terre. Je marque seulement vos responsabilités.

Il y eut encore un silence. Le visage de Mme Dandillot s'était rembruni.

— Nous sommes aussi bien convenus, dit Costals, que je ne serai pas forcé de l'accompagner quand elle voudra sortir le soir.

— Si vous ne voulez pas sortir avec elle un soir, elle sortira avec moi ou avec des amis.

— Et il n'y aura jamais de T. S. F. à la maison.

— Elle l'a en horreur.

— Nous recevrons très peu. Je suis excédé déjà de mes propres relations...

— Nous ne vous imposerons pas nos relations, et nous ne chercherons pas à entrer dans les vôtres, acheva Mme Dandillot, humblement.

— Je me refuse à dîner en ville, en d'autres termes à faire la conversation avec une inconnue, ma voisine, dont je ne sais même pas le nom, qui veut me faire parler de Dieu, qui a une rivière de diamants, et dont la mentalité est celle d'une femme de chambre, mais d'une femme de chambre qui serait bête, cela durant quatre heures d'horloge, qu'il faut compter cinq avec le temps de m'habiller, — cinq heures qui pourraient être employées à relire les maîtres (car je ne lis que les maîtres, qui seuls sont nécessaires), ou à réfléchir, ou à aller prendre l'air au Bois, ou seulement à dormir, ce qui est innocent, alors que causer avec des imbéciles ne l'est pas.

« Mais la vie ne doit-elle pas comporter un peu de perte volontaire de temps? » dit Mme Dandillot. Comme tous les gens qui perdent leur temps (les neuf dixièmes et demi de l'humanité), elle s'irritait d'instinct de ceux qui ne le perdent pas, devinant qu'ils lui étaient supérieurs. Et puis, la femme à la rivière de diamants... n'avait-elle pas joué ce rôle, bien des fois? Les petits se sentent toujours visés.

— Il y a d'apparentes pertes de temps qui sont du repos et même du travail. Jamais un dîner en ville n'a été cela. — Et si j'avais envie d'aller me marier à Naples? demanda-t-il à brûle-pourpoint, comme si cette perspective arrangeait tout.

— Légalement cela ne fait pas de difficulté. A condition toutefois, je crois, que l'un des conjoints ait habité Naples durant quelque temps. Cela retarderait... Et... Naples n'est-il pas bien loin? demanda-t-elle avec hésitation.

— Vous viendriez?

— Je ne sais pas... Vous me prenez au dépourvu. Mais enfin, si vous teniez absolument à Naples, il ne faudrait pas vous occuper de moi. L'essentiel est que Solange soit heureuse.

— Je me demande si le mariage pourrait être célébré en Perse. Nous aurions pu faire cela à Ispahan...

« Tout cela est à voir », dit Mme Dandillot, avec une soudaine fatigue. Elle but plusieurs fortes gorgées de thé, et dit d'une voix plus ferme, comme si elle avait remis du charbon dans la machine :

— Vous avez sans doute un notaire?

— Oh! oui, j'en ai beaucoup.

— Le nôtre est Maître Vignal, rue de Miromesnil, un vieil ami de mon mari. Peut-être le notaire que vous aurez choisi pourrait-il se mettre en rapport avec le nôtre?

— Pour?

— Eh bien! pour arrêter le contrat.

— Oh! rien ne presse.

— Mais, cher Monsieur, Solange — je ne parle pas de moi — Solange a un besoin urgent d'aller se reposer à la campagne. Elle a déjà beaucoup retardé, elle peut sans doute retarder encore... Convenez cependant qu'il y aurait intérêt à ce que tout fût réglé le plus vite possible.

— On ne peut rien régler tant qu'une décision n'est pas prise.

— Comment!... Est-ce que la décision n'est pas prise? Voilà une demi-heure que nous mettons au point d'infimes détails!

— Permettez, chère Madame, soyons précis. Je vous ai dit au début : « *si* la chose se fait », « *supposé que* la chose se fasse ». Cela est net.

— Mais alors, vous n'êtes pas décidé?

— Je suis décidé en principe. Pratiquement, je ne peux pas encore vous faire de promesse ferme.

Le corps de Mme Dandillot retomba, s'avachit.

— Écoutez, cher Monsieur, je suis convaincue de votre bonne foi. Mais vous nous mettez, Solange et moi, à une épreuve... une épreuve... Il y a six semaines que cela dure! — J'en suis malade, ajouta-t-elle, la cuisinière ressortant dans la grande bourgeoise.

— Je sais, Madame, je sais! dit Costals, avec émotion, posant sa tasse sur la table. Je vous mets à une épreuve extrêmement pénible. Mais enfin, quand Solange souffre, il faut bien reconnaître que c'est elle qui l'a voulu. Tandis que, s'il y a ici une victime innocente, c'est moi. Moi, je n'ai rien demandé à personne. Et c'est vous qui m'imposez cet affreux dilemme! Et puis, si j'hésite, j'ai bien raison d'hésiter. Il y a autant de raisons *pour* ce mariage qu'il y en a *contre*. Comment n'hésiterait-on pas? Celui qui n'hésiterait pas serait un étourneau.

— Vous ne vous déciderez jamais!

— Je suis décidé.

— Parlez-vous sérieusement?

— Je parle gravement.

— Alors?

— Je vous répète que je suis décidé à épouser Solange. Mais, pour ce qui est de passer à l'exécution, cela demande un nouvel effort de ma part, que je vous supplie de m'épargner pour le moment, parce que je suis à bout.

— Enfin, vous considérez-vous comme fiancé?

— Sûrement non, voyons! Fiancés, ça, c'est la seconde étape. D'ailleurs je n'entends rien à ces rites. Au fond, en quoi cela consiste-t-il, d'être fiancé?

— Vous faites à la jeune fille une promesse ferme, vous lui donnez une bague...

— Nous sommes déjà d'accord avec Solange qu'il n'y aura pas de bagues dans notre affaire. « Bagues pour volailles », hé, hé... Avec moi, il n'y a pas de bagues, avant.

Mais, par exemple, je donne une bague quand on divorce. Ça, au moins, ça a un sens. Ça veut dire qu'on reste bons copains.

Mme Dandillot regardait Costals avec consternation. Elle sonna. « Est-ce qu'elle va me faire reconduire? » se demanda-t-il. Mais non, c'était pour dire de fermer la porte de la cuisine. En effet, de la cuisine arrivait une appétissante, trop appétissante odeur de choux de Bruxelles. Ah! toute espérance en la vie n'était pas morte!

— Que voulez-vous que je vous dise! Je suppose qu'il faut attendre encore. Et vous ne pouvez pas nous donner, même approximativement, la date où vous croyez que...

— Oh! jamais de dates! jeta Costals, se crispant. Les dates fixes, les heures fixes, ce sont les poussières dans la machine, c'est avec ça qu'on détraque une vie. Un matin ou un soir je vous appellerai au téléphone et je vous dirai : « Eh bien, chère Madame, ça y est! »

« Donnez-lui la chance d'épouser quelqu'un qui lui plaît, à cette petite », dit Mme Dandillot avec un accent de supplication. — De temps en temps, depuis un moment, elle regardait à droite et à gauche, et elle avait des mouvements nerveux des mains; de la mandibule aussi, comme un vieux cheval qui remue sa lippe. — « Nous savons bien que vous pourriez faire le mariage que vous voudriez. Mais donnez-lui cette chance! Si après deux ans vous voyez qu'elle vous gêne dans votre travail, eh bien, elle aura eu deux ans de bonheur. »

— Ce n'est pas deux ans, c'est une vie entière de bonheur que je veux lui donner, dit Costals avec énergie.

— « En principe » ou « pratiquement »? fit Mme Dandillot, avec un faible sourire.

— En principe. Pratiquement, il faut que cela mijote encore un peu. Ne craignez rien, dit-il, en se levant. Vos affaires sont en bonne voie.

Elle l'accompagna dans l'antichambre, avec un sourire douloureux. Mais il était si faraud de s'en aller que, avant que Mme Dandillot eût pu l'en empêcher, il s'était dirigé vaillamment vers la porte de la cuisine, la prenant pour la porte de sortie, et l'avait ouverte. Et l'odeur des choux de Bruxelles déboucha et se jeta sur lui, avec la joie d'un chien enfermé que son maître libère, mais beaucoup plus dense, beaucoup plus vigoureuse, beaucoup plus « de choc » encore que tout à l'heure.

Lorsqu'elle fut seule, Mme Dandillot revint au salon, tomba assise dans un fauteuil. Son visage, contracté depuis une heure par un rictus mondain, s'affala, se tira, mais devenant dur dans cette détente, et presque hagard à cause de ses yeux fixes. Elle massa chacune de ses joues dans la direction de l'oreille, pour lisser les rides qui descendaient du nez.

Dans l'escalier, Costals dégringolait quatre

à quatre, comme un écolier qui a quitté l'étude cinq minutes avant l'heure, et qui file, file, s'imaginant que le pion est à ses trousses pour le rattraper. Quand il se sentit hors de portée, une expression de rigolade vint sur ses traits. « Je n'étais que Triplepatte. Après le *gag* de l'entrée dans la cuisine, je suis aussi Charlot. » Au long de sa vie, il s'était cru Jules César, Don Quichotte, Jésus-Christ, Gilles de Retz, etc. Ce qui paraîtra sans doute ridicule, mais ne l'est pas, puisque aussi bien chacun de ces grands hommes se croyait lui aussi un personnage qu'il n'était pas, et tirait précisément sa force de cette illusion : César qui se croyait Alexandre, Don Quichotte qui se croyait le Chevalier de je ne sais quoi, Gilles de Retz qui se croyait Tibère, et Jésus-Christ qui se croyait Dieu. La honte que Costals avait de soi, depuis qu'il se sentait « gendre » ou en voie de l'être, il tentait de s'en délivrer en exagérant le burlesque de sa situation, de façon à continuer à faire œuvre d'art dans la vie : bien qu'il eût été toujours parfaitement naturel au cours de son entretien avec Mme Dandillot, il ne pouvait s'empêcher de reconnaître, après coup, qu'il avait mené avec elle une excellente scène de comédie classique; et cela le *sauvait* en partie, à ses propres yeux, de la tragédie nuptiale. Les pieds un peu en dehors, par une imitation de Charlot, il radinait le long de l'avenue, épouvanté et ravi.

Ils se retrouvèrent le lendemain à trois heures à la porte d'une exposition de tableaux, chefs-d'œuvre de l'art moderne. Comme l'un et l'autre ne ressentaient rien devant ces tableaux, et comme ils étaient naturels, de sorte qu'après un quart d'heure ils se l'avouèrent mutuellement, ils sortirent de la salle et marchèrent sans but dans les quartiers du centre, fort paisibles en ce début de septembre. Tout de suite Costals vint au principal :

— Votre mère vous a raconté notre entretien d'hier?

— Oui.

— Vos affaires sont en bonne voie. Je suis convaincu que *cette chose* aura lieu. Laissez-moi faire. Mais, ma pauvre fille, que pouvez-vous penser de ces atermoiements?

Elle tourna son visage vers lui et elle dit avec simplicité :

— J'attends...

Pauvre petite! Quelle soumission! Oui, elle

était patiente, patiente comme... (Costals pensait presque toujours par comparaisons) patiente comme une jument.

Devant la vitrine d'un décorateur, il l'arrêta.

— Ce tapis est beau. Bien salissant, malheureusement... Aimez-vous ce mode d'éclairage?

C'était la première fois qu'il lui parlait d'un arrangement d'intérieur. Ils entrèrent, et, pendant un long moment, causèrent avec le marchand. Il en éprouvait de la douceur, non seulement parce que cela l'engageait davantage (« Maintenant, je ne peux plus revenir en arrière »), mais parce que cet avenir qu'il préparait lui était agréable. De son portefeuille il sortit un petit croquis, et le lui montra : c'était un croquis d'appartement. Une des pièces était marquée : « chambre Sol. »

— J'ai mis votre chambre et la mienne aux deux extrémités de l'appartement, pour les jours où j'en aurai de vous par-dessus la tête.

Elle ne répondit pas, mais il sentit sa main qui cherchait la sienne...

Dans un thé, durant une heure, il retrouva l'atmosphère du dimanche à la cuisine, quand il l'avait jugée si sérieuse. Mais quel pas était fait depuis lors! Cette heure se passa à causer de leur avenir, et de l'appartement, qui devrait être « blond comme du marbre de Paros », et des domestiques, qui « ne devraient pas être trop intelligents », et de la table, qui devrait être « abondante, mais résolument médiocre » (il avait remarqué qu'elle était portée sur la bouche, et n'aimait pas cela). Et tatata, et tatata, tout cela aisé, familier, cordial, — et si simple! Impossible de la traiter davantage comme sa femme. (Et sa douce voix, de si bonne maison.) En tout il trouvait qu'elle allait au-devant de ses goûts. « Elle ne me dérangera pas », se disait-il, avec une certaine stupéfaction. « Peut-être même rendra-t-elle service à mon travail, en éloignant mes amis. » Un instant, il songea à avancer la célébration de *la chose*. Souvent elle se tournait brusquement vers lui, et, plus petite que lui, elle levait un peu les yeux en souriant, avec dans le regard une expression de tendresse rayonnante, comme pour le remercier de lui donner son amour, qui n'était pas de l'amour, mais un sincère attachement.

— Vous vous êtes trouvée là, c'est vous que j'ai prise. Oui, si cette chose se fait, je vous aurai prise, un peu au hasard, pour que ce soit vraiment la vie, la plupart des mariages se faisant au hasard. J'ai voulu me mettre dans les conditions normales du mariage, et c'est pourquoi, volontairement, je me serai marié dans des conditions absurdes. J'ai voulu, aussi, ne pas donner trop de chances à une réussite, avec la curiosité de voir ce que la sympathie et la bonne volonté réciproques pourraient tirer de là.

Remarquez que je dis toujours : « si cette chose se fait ». Je ne vous donne aucune promesse. Vous vous exposeriez à d'horribles mécomptes si vous vous imaginiez que nous sommes fiancés. Quand je nous considérerai comme fiancés, je vous le dirai.

Il lui demanda ce qu'elle voulait faire à présent, si elle voulait venir chez lui (avec tout ce que cette venue comportait d'ordinaire), ou aller quelque part. Elle dit que sa mère avait vu un film dont l'action se passait en partie à Chatelaillon, où ils villégiaturaient quand Solange était petite fille, et qu'elle y avait même reconnu leur villa : elle aimerait bien voir ce film. Il ne put échapper à Costals qu'elle n'avait pas une envie très pressante de se livrer à ses embrassements.

La plume renâcle à évoquer, fût-ce par quelques traits, l'épaisseur de niaiserie, de vulgarité, d'imbécillité et de bassesse de ce film comico-larmoyant, qui était un film français. Cinq cents simples d'esprit léchaient ce pus avec extase. Il y avait là le Supercucu et le Supergogo, le Dégénéré cousu main, le Sous-homme intégral et l'Innocent pour cent; et, à côté de chacun d'eux, un dixième de vierge, soit huit vierges et demie pour toute l'assemblée, si notre compte est bon. Nos amis étaient là depuis une demi-heure, et Costals remarquait que Solange, pas une fois, n'avait eu un haut-le-corps de dégoût. Elle ne riait pas, mais elle avalait le pire, sans broncher, alors qu'il était arrivé à Costals, certaines fois même où il était au cinéma avec une femme qu'il venait de lever, et avait donc la main heureuse, de devoir quitter la salle, parce que physiquement il était au bout de ce qu'il pouvait supporter. Au contraire, lorsque l'action du film se transporta de Chatelaillon sur la Côte d'Azur, et qu'il lui dit : « Si on sortait ? » elle répondit : « On peut voir la fin du film. » Donc, elle aimait cela! Crucifié dans son fauteuil, Costals dut boire jusqu'à la lie ce film français.

« Eh, je le sais bien, pensait-il, mais enfin... Voilà de quoi elle me rend complice. Et la plupart des spectacles bas où on voit les hommes, ce sont des femmes qui les y ont menés. Je n'aime pas ce qui est une occasion de bêtise pour l'homme, et c'est pourquoi je n'aime pas la femme. Si c'était Brunet, je me dirais : " C'est de son âge. " Éternelle supériorité des gosses sur les femmes : eux, ils ne peuvent pas irriter, ou ils ne peuvent irriter qu'injustement, puisque à tout il faut bien répondre : " C'est de leur âge. " Ainsi, exactement, du peuple : on lui pardonne ce qu'on ne peut pas pardonner à la bourgeoisie. »

Ensuite ils dînèrent au restaurant. C'était plus fort que lui, il ne pouvait pas lui parler. Il se demanda pourquoi : ils causaient de source, tantôt. Il crut d'abord que le cinéma l'avait gelé; puis il comprit que c'était, simplement, parce qu'il n'avait plus rien à lui dire. Il se mettait la cervelle à l'alambic, et rien ne naissait. « Nous ne sommes pas encore fiancés, et déjà nous n'avons plus rien à nous dire. Le mariage de la petite carpe et du vieux lapin. » Solange ne paraissait pas étonnée de son silence : à elle, cet état était si familier...

Il avait choisi un restaurant vulgaire, afin de la punir d'être ce qu'on appelle si joliment « fine gueule ». Tous ces dîneurs étaient horribles de bonne santé : faut-il donc être tuberculeux pour avoir un peu de tenue? Aussitôt entré, Costals s'était senti à l'égard d'eux en puissance de meurtre : tout de suite il allait à l'acte le plus extrême, sans qu'il y eût chez lui cette sorte d'étoupe qui s'interpose d'ordinaire chez les Européens entre l'irritation et l'exécution d'un acte. Il regardait chacun de ces hommes et il se disait : dans un corps à corps, qui aurait le dessus? Tout le reste était des bêtises. A table, il était en apparence extrêmement tranquille, et même il avait l'air un peu abruti. Cependant, à la moindre prise de bec, il eût saisi le couteau sur la table, et frappé.

Leur voisinage immédiat était une tablée de huit personnes. Le père, la mère, la fille, le gendre, le muchacho, la petite et le babour [1] (le compte n'y est pas : cela ne fait que sept). Le père, un réaliste. Par une intuition fulgurante, Costals devina que c'était

1. Ce mot signifie un poupon dans la famille de l'auteur, côté maternel.

un réaliste d'Oranie (un colon?), venu passer les vacances dans la « métropole ». Poil blanc, roide moustache coupée court, l'air énergique, vigoureusement dépeigné (jamais le peigne n'avait passé dans sa toison), parce qu'un réaliste doit être dépeigné, cela indique qu'il n'est pas un esthète, qu'il tient de près au terrestre. Quelque chose de Benda, ce qui est un peu fort, et pourtant c'est ainsi : si Benda, au lieu d'avoir la frangette, avait le cheveu hirsute, il aurait l'air d'un réaliste d'Oranie. La mère, peut-être vêlant sous la table, comme ça, rien qu'à écarter les jambes, en vraie réaliste d'Oranie. La fille, un cul-bas, une chevrette noiraude, et la petite *idem*. Le muchacho dont, à sa physionomie agréable, on devinait tout de suite qu'il s'appelait Albert. Et le babour, doubles muscles, hâbleur comme pas un. Ces sept personnes (ou huit) luttaient entre elles à qui aurait l'ongle le plus en deuil : peut-être le deuil de leurs illusions sur la colonisation française en Oranie.

Mais nous n'avons pas parlé du gendre, et c'est sur lui que se concentrait l'attention de Costals : déjà tous les gendres formaient à ses yeux comme une grande famille. Et puis, c'était le Gendre avec un grand G, le Gendre type. Muet comme une carpe. Ne faisant que sourire à ce que disait son beau-père, — sa belle-mère, — sa femme, — et le muchacho, — et la petite. Et des rides lui étaient venues, déjà fortement incrustées, malgré son jeune âge : les rides de l'approbation éternelle. Même, quelquefois, il se tournait vers Costals, sans doute afin que Costals approuvât lui aussi le beau-père, — ou la belle-mère, — etc. Jamais personne ne lui adressait la parole, ni seulement ne posait les yeux sur lui : c'était vraiment le Gendre idéal. Quand le Gendre ouvrait la bouche, plutôt que de le regarder, on baissait les yeux, si même on n'adressait pas la parole à une autre personne. Il n'y avait que le muchacho qui lui témoignât un peu de gentillesse : quand le Gendre lui parlait, le brave enfant répondait quelques mots. Le supplice d'un Gendre. Mais aussi, pourquoi était-il Gendre? Et il y avait eu un jour où il était triomphant, dans un frac coupe maître d'hôtel, avec des demoiselles d'honneur en couleurs de berlingot. Et Socrate, Gœthe, Hugo avaient été des gendres. Costals doutait de l'humanité.

— Miamiamiam! dit le babour.

— Oui, mon chéri! Didiadodoadada, dit la mère.

« Dodoadidi? » questionna le réaliste d'Oranie. Il affirma : « Vouai, dodoadidi. »

— On va aller mener, dit la biquette.

— On va aller menermener, dit le Gendre, surenchérissant, pour se faire bien voir.

— Meueueueuh! hurla Pipicaca, qui voyait que ça prenait.

— Oui, mon petit trésor, oui, bibiabobo, dit la mère, lui mettant la main aux fesses, geste instinctif de toute mère passionnée.

— Je crois que, ce petit, il a envie de renndre, dit le réaliste d'Oranie, qui, en vrai père, voulait se montrer compétent. « De rennndre? jeta la mère. Tu vois double, oh! C'est parce que Paulette elle le tenait. Il faut que c'est moi qui le tienne. » Elle lui suça la joue (baiser), puis le secoua comme un prunier, puis le suça encore, férocement, puis le gifla. Elle était presque belle, comme est beau tout ce qui atteint au type : et elle était l'hystérie maternelle incarnée. Enfin elle l'emporta aux cabinets. Et toute la famille, débarrassée de la mère et du poupon, revint peu à peu à une espèce de dignité. Encore douze ans, Pipicaca si aimé et si important aujourd'hui, et vous serez presque un petit étranger à la table de famille. Vous ne serez plus bête : vous n'intéresserez plus.

Ensuite, partie à pied, ils se rendirent avenue Henri-Martin. Il se sentait tant de hargne contre elle qu'il lui acheta une gerbe de roses. Elle voulut porter le carton. Cette disposition au second rang, tout orientale, lui plut assez, encore qu'il se demandât si elle ne faisait pas partie de la politique prénuptiale.

— Je ne vous offrirai pas ces roses sans les accompagner d'une citation galante, lui dit-il. « N'espère pas de la fidélité de la part du rossignol, car à chaque moment il chante sur une rose différente », lit-on dans le *Gulistan*.

Chez lui, ils restèrent un instant accoudés à la fenêtre : il ne voulait pas avoir l'air impatient. Des nuages roulaient au-dessus du Bois dans le ciel nocturne, si touffus et si bas que, un peu moins conséquents, on les eût pris pour la traînée de fumée laissée par une locomotive. Faisant sauter les boutons à pression de l'échancrure latérale de son tailleur, il avait glissé sa main droite à même la peau, emprisonnant un des seins. Mais l'inquiétude de l'avenir annulait la douceur qu'il aurait reçue de ce contact, s'ils avaient eu devant eux un avenir de liaison libre.

— Est-ce que vous voulez vous déshabiller?

Comme si elle ne pouvait prévenir ses désirs!

— Est-ce que vous voulez enlever vos bas?

Comme si elle ne pouvait savoir encore qu'il aimait poser la plante de son pied nu sur le contrefort nu du sien, comme un crucifié sur le soutien-pieds de sa croix.

Elle dut aller au W.-C., et Costals se souvint de cette jument arabe qu'il avait eue, si fière et si délicate qu'elle n'urinait ni ne brenait jamais quand il était sur son dos.

Nous mettons dans la sensation amoureuse ce que l'âme, au delà d'elle, y met. Grande chose, quand une sensation de cette sorte est assez souveraine pour se suffire. Mlle Dandillot n'était pas femme à donner à un homme un plaisir qui se suffît. Sentit-elle, en outre, l'éloignement de Costals? Il n'y a qu'à voir le mot « françaises » sur une boîte d'allumettes, pour savoir qu'elles ne s'allumeront pas. Il en est ainsi pour les jeunes filles françaises, et il en fut ainsi, ce soir, pour celle-là. Au lit, elle le tenait sans le serrer, comme par acquit de conscience; et lui de même, sentant au toucher les grumeaux de sa peau, et recueillant sans en perdre une goutte tout ce que pouvaient contenir d'ennui ce corps sans odeur et ces jambes veules. Il n'y avait rien absolument qui aiguillonnât en cette fille. De loin, son visage donnait l'impression d'être précis; de près, dans la possession, il était plutôt mou et flou, sans pathétique aucun. (Et il aimait à la passion le visage des femmes, dans l'instant qu'il les contentait. Il y avait des visages de passantes qu'il aurait voulu n'avoir qu'une fois, dix minutes, simplement pour savoir ce qu'ils devenaient dans cet instant-là. Il aurait voulu conclure avec sur le front, comme la lampe des dentistes, un petit appareil de prises de vues, pour filmer les visages dans cet instant-là. Sans compter que cela lui eût fait des « collections » qui, offertes à quelques-uns des plus vénérables académiciens, eussent hâté sensiblement sa marche vers le quai Conti.) Le corps de Solange presque tout entier, ses aisselles mêmes, n'avait pas plus d'odeur qu'une feuille de papier : rien que l'odeur aigrelette de sa bouche, l'odeur faible et fade de ses cheveux, et une autre odeur, douceâtre. (Pourquoi Costals évoqua-t-il l'odeur si bonne et si vivace des cheveux de son fils? Il ignorait que c'est une règle, que les cheveux des jeunes garçons sentent plus fort et meilleur que ceux des femmes.) Enlacés, elle ne le serrait toujours pas, et il ne savait qu'elle déplaçait ses bras qu'au tic-tac de son bracelet-montre qu'il entendait à des emplacements nouveaux, comme une petite bête indiscrète qui se fût faufilée entre eux.

Le corps de Costals était mort, lui aussi. C'était la première fois que cela lui arrivait avec elle. Il ne manquait plus que ça! Soudain il songea — peut-être à cause de ce ciel d'orage qu'ils venaient de voir, qui lui rappelait un ciel tout semblable, dramatique, au-dessus du Gharb inondé à perte de vue — à cette petite Marocaine que chaque année il retrouvait là-bas, et qu'il appelait *Terremoto* [1], parce que, dans sa façon de prendre, de pincer, de secouer l'homme, pour faire venir sa moelle tout le long de son corps depuis le lointain cervelet, elle semblait un tremblement de terre qui cherchait à le déraciner. (« Oh! elle a le paradis dans le corps, cette fille! ») A ce souvenir, sa vie se réveilla, se dressa, comme le serpent qui entend la flûte de son enchanteur, et battit à la cadence de son sang. Et il ouvrit la femme, comme on ouvre un artichaut dont on veut dégager le cœur, et il la connut. Toutefois la chose fut si terne, qu'il ne sut

1. Tremblement de terre, en espagnol.

guère qu'elle avait eu lieu que par le cri impatient de Solange :

— Vous me faites mal!

— Eh bien! mais ça fait partie de votre plaisir, voyons. Vous n'avez pas encore compris ça?

« Mais je ne veux pas que vous me fassiez mal! » appuya-t-elle, avec vivacité. Il lui jeta un regard sombre.

Aussitôt fait elle se leva, presque d'un bond — ce fut sa seule manifestation d'énergie au cours de cette soirée, — et gagna le lavabo : qu'il était visible qu'elle avait eu hâte que ce fût fini! Costals se leva lui aussi, et rencontra son image dans la glace, ses traits crispés, ses yeux plissés de matou furieux. Le visage du mâle déçu, plein d'exaspération, de méchanceté et de brutalité; laid et ridicule, ridicule surtout. Il se rejeta sur le lit. Sur ce lit même, pourtant!... Il y en avait d'autres!... D'autres avec qui sa volupté était telle que, collé sur ce corps comme l'insecte immobile et ivre dans la corolle de la fleur, si on avait frappé à la porte il n'eût pas bougé, comme on peut écraser l'insecte sans qu'il cherche à fuir. Il évoqua des visages... « Ce que je demande à une femme, c'est de lui faire plaisir. Le reste vient tout seul, si j'ose dire. » Mais peut-être que tout était chiqué, dans ce sexe. Ici pour obtenir de la tendresse, là pour obtenir le mariage, là pour obtenir des sous. Peut-être n'y avait-il pas une femme sur cent qui sentît quelque chose entre les bras d'un homme, si elle n'avait pas été « préparée ». Ils n'étaient pas faits l'un pour l'autre moralement; ils ne l'étaient même pas physiologiquement. L'homme jouissait, la femme ne jouissait pas; il fallait que, cela aussi, ce fût l'homme qui le lui apprît; la nature, déjà plutôt avare à son endroit, n'y avait pas pourvu. Quand Dubouchet lui disait : « La femme a beau tourner autour du sexe mâle, écouter à ses portes, il reste pour elle impénétrable », il aurait pu ajouter : « Et d'abord — quel symbole! — dans l'acte primordial : dans l'orgasme. Elle cherche à deviner ce qu'il est, ne peut s'en faire la moindre image, et jalouse l'homme d'en être doté, tout en feignant qu'elle le possède elle-même, à la fois pour exciter l'homme et pour qu'il ne la prenne pas en pitié. » La simulation de la jouissance, triste comédie de chaque nuit, et qui durait des années. Et c'était cette incapacité essentielle que les femmes cherchaient à compenser quand elles se réfugiaient dans « l'Amour pur », le montaient en idole, essayaient d'en imposer le culte au mâle, qui avait pour « l'Amour pur » une horreur instinctive, comme pour tout ce qui est contre nature, et enfin, faisant passer leur infirmité pour vertu, et la santé du mâle pour infirmité, accablaient de leur apitoiement feint et de leur indignation sublime le malheureux, trop « égoïste » et trop « grossier » pour entrevoir seulement les splendeurs de « l'Amour pur ». Costals songeait à tout cela, et toujours il se rappelait cette odeur doucereuse, presque écœurante, et ce corps sans muscles, sans nerfs, comme une loche blanche... Et il rêvait d'étreintes plus dignes de lui, sur le plan héroïque, de puissants mélanges analogues à ceux de deux lutteurs sur le tapis, où cette fois il ne s'agît plus de vaincre une misérable agnelle consentante (au fond, quelle rigolade que ces « victoires » sur des femmes!), mais où la force terrassât la force et pour un instant la rendît douceur. Ça, au moins, c'était du sport. Ça, c'était du travail pour un homme...

Il se releva, se retrouva devant la glace. Ce n'était plus de son visage déçu qu'il avait honte; sa honte était d'avoir pu être humilié par *cela;* d'avoir mis sa vanité et ses ébriétés dans ces sortes d' « exploits ». La glace lui renvoyait son torse vigoureux, à demi nu; il en fut satisfait. « Je vaux mieux que ça. »

Une feuille blanche était devant lui sur la table. Il y griffonna : « Encore une fois, la parole affreuse se promène dans mon âme : je ne sais pas pourquoi je l'ai choisie. » Et encore une fois : « Pourquoi, mais pourquoi est-ce que je fais cela [1]? » Et encore une fois je me réponds : « Je le fais pour elle. Je le fais aussi pour avoir connu toutes

1. Épouser Solange.

les saveurs disparates du monde. Je le fais aussi pour me soumettre à une condition moyenne de la vie. J'ai voulu ne pas rester à l'écart. J'ai voulu à travers elle atteindre la nappe du plus humain, et en ramener un plein seau, fût-il d'amertume. J'ai fait confiance à elle, à moi, à la nature, à ma destinée. Que cela ne retombe pas sur ma tête! »

Elle revint. Il ne put s'empêcher de la regarder avec une pointe de dérision, en songeant qu'elle ne jouissait pas. Ils restèrent un instant encore à la fenêtre. Toujours il se souviendra de ce ciel d'orage. Il lui dit :

— Je pense que vous me jugeriez un salaud, si maintenant je vous abandonnais?

— Je crois que jamais je ne pourrais penser cela de vous.

Son estime pour elle reflua en lui, déchirante.

— Vous m'avez dit jadis que vous aviez peur de l'avenir. Maintenant, c'est moi qui en ai peur.

— Et moi j'ai tout à fait confiance.

Sa pitié pour elle reflua en lui, déchirante.

Il la reconduisit, en voiture, incapable de chasser ses pressentiments, incapable de lui dire une parole. Toutes les fois qu'elle sentait quelque chose se fêler entre eux, elle avait pour lui un geste caressant : cette fois, elle lui avait pris le bras. Il aurait voulu lui faire comprendre que ce geste le rendait plus sombre encore. « Elle fait ça comme un chien donne la patte. » Sur le seuil de sa maison, il dit, regardant le ciel :

— Mon cœur est plein de nuages, lui aussi.

— Et le mien, plein d'étoiles!

Ce mot le bouleversa.

Costals rentra, et prit un somnifère (ce que Mme Dandillot, peu experte en latin, appelait audacieusement un *dormifuge*) : à moi, thérapeutique de l'oubli! Pour la centième fois, couché, il résumait le dilemme : « J'aime cette fille *jusqu'à un certain point*, non davantage, ainsi que j'ai eu l'honnêteté de le lui écrire en son temps. Pourquoi " non davantage "? Mettons que c'est parce que, socialement et intellectuellement, elle est trop éloignée de moi. Mettons que c'est parce que, sensuellement, elle est au-dessous de tout. Ou plutôt ne " mettons " rien. Je ne l'aime pas davantage, parce que c'est comme ça. D'évidence, un tel mariage n'a pas de raison d'être. Cependant je l'aime assez pour souffrir de sa souffrance, et en particulier de celle que lui causerait une rupture, au point où je lui ai permis de s'avancer. Mais la souffrance qu'elle éprouverait d'une rupture, à présent, ne serait rien en regard de celle qu'elle traînerait pendant des mois ou des années, si nous nous mariions. De sorte que cette souffrance immédiate ne doit pas être une objection à la rupture. Non, la seule objection sérieuse à une rupture est — qui le croirait? — celle-ci : à la fin de tout cela il reste qu'il y a une chance, une chance sur cent mais enfin une chance certaine, que dans ce mariage nous soyons heureux tous les deux. L'unique question, aujourd'hui, est donc : faut-il jouer sur cette chance minime, ou faut-il se refuser à jouer sur elle, quitte à en avoir du regret, plus tard, aux heures noires? Mais suis-je un homme à avoir jamais des heures noires? Etc. »

Il se réveilla à quatre heures, et entendit la pluie s'égoutter le long de ses fenêtres : les fameux nuages d'hier avaient crevé. La pluie d'été, si étrange... La nocturne pluie d'été, pleine de présages, au dire des Anciens. Pluie nocturne de juillet, la nuit où, à dix-huit ans, il avait eu sa première femme. Pluie nocturne de juin, dans la forêt de guerre, la veille de sa blessure. Pluie nocturne d'août, à Naples, avant le matin où il reçut un coup de couteau. Pluie nocturne de septembre, quand Brunet la veille au soir était condamné (méningite cérébro-spinale), mais le lendemain à l'aurore la fièvre tombait. L'homme fort, l'homme lucide, sur sa couche tourmentée, s'abandonne aux puissances supérieures. Dès maintenant il connaît que le jour qui s'ouvre sera marqué.

Il se rendormit, et il eut alors un cauchemar comme jamais il n'en avait eu. Un être pesait sur lui, horriblement, une masse visqueuse le couvrait, collait à lui, l'enveloppait, et il luttait pour la détacher : un petit enfant qui se fût endormi avec un gros chat couché sur sa poitrine eût pu avoir un cauchemar de cette sorte. Bien qu'il dormît, Costals avait la sensation qu'il était éveillé, que ce n'était pas un rêve, et qu'ainsi il était en train de devenir fou, ou plutôt possédé, d'une possession diabolique, et c'était une chose nouvelle et affreuse, pour lui qui n'avait jamais été possédé que par lui-même (par la partie la plus trouble de lui-même).

Son réveil fut un peu semblable, par l'angoisse, à certain réveil inoubliable qu'il avait eu, à dix-huit ans. En ce temps-là, il s'était endormi un soir auprès de sa maîtresse — sa première maîtresse, — une Italienne de seize ans. Il savait qu'elle voulait le tuer, pour l'avoir entendue en dire le projet, une fois qu'elle dormait. Émergeant donc de l'inconscience, il avait perçu un contact dur et froid sur le côté droit de sa nuque. Il avait deviné que c'était le canon d'un revolver. Les mains de la femme étaient posées sur sa tête et sur son cou, immobiles, si douces. La montée en lui de la conscience avait été terrible. Ses mains à lui étaient sous le drap; il n'aurait pas le temps de les sortir que, étant donné la position des autres mains, elle aurait pressé la détente. Mais peut-être dormait-elle : il ne pouvait voir son visage, placé plus haut que le sien. Que faire? Il avait réfléchi, un temps impossible à déterminer. Puis il avait murmuré, plusieurs fois : « Dieu te garde, Maria! Dieu te garde! » Et il avait tourné tranquillement la tête. Elle dormait, ou feignait de dormir. Il prit le revolver. Ils continuèrent d'être ensemble pendant quatre à cinq mois, mais il la fouillait quand elle entrait dans l'appartement.

Son réveil, aujourd'hui, après cette nuit de « possession », fut, comme l'autre, tout troublé de battements de cœur, et d'une oppression qui dura longtemps. Comment échapper au sens de ce rêve? Ce sens était tellement clair! Le poids qui l'avait étouffé, c'était Solange et ce que serait la vie à son côté. Cette « possession », c'était Solange qui lui buvait son âme, puis se glissait en lui à la place de son âme. Il se rappela le vers de Dante, sur « les songes du matin, plus véridiques que ceux de la nuit ». Il se rappela la pluie pleine de présages. Il se rappela les rêves annonciateurs. Et sa part animale frissonna. Et la peur, qui errait toujours en lui, depuis qu'il était hanté par ce mariage, l'envahit complètement, submergea tout, non plus cette fois la peur réfléchie, motivée, mais la peur obscure et mystérieuse qui fait ramper les bêtes féroces et brise les genoux des héros. Et, sous le coup de cette frousse salutaire, il prit enfin la décision que sa raison et sa volonté étaient incapables de prendre depuis six semaines. Aujourd'hui même, sans revoir Solange, il quitterait la France pour quelques mois.

« Elle ne m'en voudra pas. Quand je lui ai demandé : " Si je vous abandonnais, est-ce que vous me jugeriez un salaud ? " Elle m'a répondu que jamais elle ne penserait cela de moi. » Voilà les hommes; donnez-leur une arme contre vous, ils s'en servent séance tenante. Personne ne songerait à penser que Flaubert est un petit écrivain, s'il n'avait avoué candidement qu'il suait la grosse goutte sur ses phrases.

Aux yeux du monde, la fuite de Costals paraît le comble de l'inélégance et de la lâcheté. Pourtant les dieux applaudissent. Par la voie d'une panique déraisonnable, c'est la raison qui rentre en Costals. Sa fuite le soustrait à cette sorte d'envoûtement dont cette nuit il a mesuré la prise, et où Dieu sait tout ce qui pourrait sombrer de lui, s'il ne réagissait pas à temps. Elle lui permet de se reprendre. Elle soumet ses sentiments et ceux de Solange à l'épreuve de l'absence. Elle rentre enfin dans cette grande loi, dont les hommes ne tiennent pas assez compte, à savoir que d'inestimables biens peuvent naître du seul fait qu'on a *changé de place*,— que ce qui n'était pas possible devient possible simplement parce qu'on a *changé de place* [1]. La fuite de Costals, « lâche » et « iné-

1. A un individu fatigué les médecins conseillent de « changer d'air », même (ils le reconnaissent si on les

légante » sans nul doute, d'un point de vue étroit, d'un point de vue plus haut c'est l'acte qu'il fallait faire, fût-ce à l'encontre de l'honneur, et de l'opinion, et de tout.

Costals envoya retenir sa place pour Gênes, au train de 20 h 45. Pourquoi Gênes? A cause de Mlle Carlotta Bevilacqua, de Gênes, une petite sœur latine qui n'a rien à lui refuser : dans quelque ordre que ce fût, le brillant écrivain n'était jamais en peine de positions de repli. Puis il écrivit à Solange et à sa mère. Il leur dit qu'il allait à Lausanne; il ne leur dirait qu'il était à Gênes que lorsque, au ton de leurs réponses, il serait sûr qu'il ne risquait pas de les voir arriver. Cette insincérité fut la seule de ces deux lettres, où Costals n'exprima rien qu'il ne pensât en plein sur le moment; il ne put d'ailleurs les soutenir sans des larmes. Souvent, plus tard, il devait se demander comment la joie de sortir de cet enfer n'avait pas tari en lui ces larmes; pourquoi enfin il avait pleuré, puisqu'il n'aimait pas vraiment Solange, et qu'il le savait.

pousse un peu) même si l'air du lieu conseillé n'est pas de qualité meilleure que celui où se trouve le malade. Un timide a beau s'empoigner : il n'arrive pas à aborder dans la rue une inconnue qu'il convoite. Il s'écarte, fait un crochet, la laisse marcher un peu, et, l'emplacement de leur rencontre ayant été changé, il l'aborde avec aisance. Un taureau se refuse à répondre au « cite » du matador. Les capes l'entraînent quelque dix mètres plus loin, et, là, le matador lui fait faire ce qu'il veut. Même observation pour un cheval qui refuse un obstacle, un fauve qui refuse d'obéir au dompteur, etc.

Il avait donc pleuré, et assez longuement, à cause de la peine qu'il causait à un être qu'il n'aimait que *jusqu'à un certain point!* Il en conclut qu'il avait la larme facile, ce que d'ailleurs il n'ignorait pas.

D'habitude, lorsque sa vie intérieure passait par un moment intéressant (et celui-ci, certes, en était un : on ne pleure pas tous les jours pour une femme), il le décrivait dans son journal. Mais aujourd'hui il avait honte de son désarroi, et répugnait à s'y étendre. A la date du 7 septembre il écrivit rageusement : « Souffrance. Les crins de ma brosse à habits ont blanchi en une nuit. » Ce fut la seule trace qui resta, dans son journal, de la journée du 7 septembre.

PIERRE COSTALS

Paris

A SOLANGE DANDILLOT

Paris.

7 septembre 1927.

Chère Solange,

Durant la guerre, une des femmes de chambre de mes parents accompagne son mari, permissionnaire, au train qui va le ramener vers le front. Au moment des adieux, avant de passer le portillon du quai, l'homme dit : « Attends-moi, je vais acheter des cigarettes. » Il s'esquive, et rejoint le train par un autre accès, laissant sa femme plantée là : il avait fui devant l'émotion. L'homme, à l'armistice, avait conquis quatre citations dans l'infanterie. Telle est la sorte de courage des mâles.

Quand vous lirez ceci, j'aurai quitté Paris, fuyant, moi aussi, les affaiblissements inutiles et traîtres. Il fallait cette rupture brutale pour me sortir de l'enfer de mes incertitudes et de mes variations quotidiennes.

Je suis touché de votre destinée. Mais, si

vous souffrez, vous n'êtes pas seule. Je ne vous en dis pas plus; je craindrais de m'attendrir. Allons vite aux motifs de consolation.

Vous souffrez maintenant. Ce sera fait d'un coup. Si je vous avais épousée, vous auriez longuement et beaucoup souffert. Le divorce était inévitable. Songez à tout ce qui l'eût entouré, précédé. Dieu sait de quoi je suis capable, quand je me sens enchaîné : le père chat, bon diable, mais qui vous écharpe le visage s'il sent que vous le retenez de force dans vos bras. Sachez-moi gré de vous épargner tout cela. C'est le génie de mon amour pour vous qui me dicte cette séparation [1].

Autre consolation. Tout ce que je viens de dire, qui vaut pour vous, vaut aussi pour moi. Il y a six semaines que je souffre. Si grandes qu'aient été les joies que j'ai tirées de vous, la peine que je me suis tirée de moi-même, à cause de vous, l'emporte : vous m'aimez, je vous aime, et mon été a été empoisonné. Je fais cesser cette souffrance. Réjouissez-vous-en.

Autre consolation. Si vous aimez mon œuvre, sachez que, déjà, vous lui avez donné beaucoup. Il y a une région, à la fois dans mon œuvre, et en moi-même, où vous êtes nichée, quoi qui arrive par la suite, pour ma vie entière. Cela est acquis à jamais.

Sachez que mon affection et mon estime

1. Cela est un peu fort. (Note de l'auteur.)

pour vous n'ont fait que croître depuis que je vous connais. Comprenez que si je n'avais pas, chaque fois que je vous voyais, mesuré davantage en quoi vous êtes digne de cette affection et de cette estime, je n'aurais jamais varié dans mon hostilité au projet de notre mariage; que c'est à cause de cette affection et de cette estime que j'ai sans cesse balancé; que c'est à cause d'elles que j'en suis venu au point de faire naître et de fortifier en vous une espérance; que c'est à cause d'elles que j'en suis venu au point d'avoir l'air d'agir mal avec vous. Et pardonnez-moi enfin puisque, par ma faute ou sans ma faute, j'ai malgré tout fait naître cette espérance, et ne l'ai fait naître que pour la briser.

Sachez que cette affection reste prête à jouer dans votre vie le rôle que vous voudriez. Je ne suis pas quelqu'un qui vous abandonne; je suis quelqu'un qui rompt et prend du champ pour respirer. Je suis prêt à vous donner tout ce que vous souhaiteriez de moi, et sous quelque forme que ce soit, hormis celle du mariage.

Choisissez, ou de m'oublier, ou de me rappeler à mon retour (dans deux mois). Je connaîtrai, à votre choix, si vous aviez seulement du goût pour un état — le mariage — ou si vous aviez de l'amour pour un individu.

Écrivez-moi à Lausanne, poste restante.

Il ne peut y avoir de « formule finale » à

cette lettre. Je vous embrasse, vous devinez comment. Une dernière étreinte... Les yeux qui se mouillent... Mais voici que je ne peux pas continuer.

C.

PIERRE COSTALS
Paris

A MADAME DANDILLOT
Paris.

7 septembre 1927.

Chère Madame,

Quand vous lirez ceci, je serai en Suisse, pour plusieurs mois.

Je suis brisé — à un point que sans doute vous ne soupçonnez pas — par la lutte intérieure que je mène depuis un mois et plus au sujet de Solange. J'ai reculé devant une nouvelle conversation avec vous, pénible et vaine. Et devant un adieu à Solange, plus douloureux encore. Je ne suis pas aussi maître de moi qu'elle l'est d'elle : je suis un sentimental, ce qu'elle n'est pas. Et je lui ai déjà donné outre mesure le spectacle d'un homme déchiré.

Mes raisons, vous les connaissez. Trop de risques qu'un tel mariage tourne mal, et que je doive faire souffrir quelqu'un pour qui j'ai de l'affection. Et, dans ce cas, impossibilité morale pour moi de demander le divorce d'avec une femme qui n'aurait aucun tort à mon égard. Donc, chaîne, et chaîne *avec un être qu'on aime,* c'est-à-dire *la pire* des chaînes. Et toutes les autres raisons que je vous ai dites. Non, étant très heureux dans un certain état — le célibat, — on ne se force pas à accomplir un acte qui est gros de telles menaces.

Je n'avais jamais eu à débattre sérieusement avec moi-même la question du mariage. C'est sans doute l'honneur de votre fille qu'elle soit la première à m'y avoir mené. Elle en est aussi la victime. Plus assuré dans mes objections, j'aurais donné à Solange un *non* ferme, sans retour, tout de suite, au lieu de nourrir son espérance. Je me permets toutefois de souligner qu'il n'y eut jamais de ma part une promesse.

Cette espérance, j'ai un regret cruel de l'avoir fait naître en elle et en vous; malheur à ceux qui font naître une fausse espérance! Mais quoi! si j'ai hésité, c'est que j'avais de bonnes raisons de le faire, et d'ailleurs l'hésitation est le propre de l'intelligence. Je l'ai meurtrie et ne suis pas coupable : c'est le train ordinaire de la vie. La situation serait aujourd'hui ce qu'elle était il y a quatre mois, je n'agirais pas autrement que je ne l'ai fait. Quand je lui disais que ce mariage était possible, je le croyais. Ah non certes! je n'ai rien à me reprocher.

Vous, Madame, et elle, vous avez été au bout de la complaisance à mes bizarreries, avec une intelligence qui me touche, et ajoute à mon tourment.

Mon désir serait de conserver avec Solange une amitié. Est-ce si impossible? Je vous ai parlé de cela.

Veuillez croire, etc.

C.

Wagon, et, toujours la même, non usée par l'habitude, cette bouffée d'émotion, presque d'anxiété, qui accompagne chacun de ses départs. « Reviendrai-je? Et, si je reviens, ce déplacement m'aura-t-il apporté tout ce que j'en attendais de bonheur? M'aura-t-il apporté plus de bonheur que le précédent? » Il imaginait la petite fille s'installant dans un coin, puis venant à son aide parce qu'il s'empêtrait dans ses valises... Il lui parlait et elle lui répondait tout bas.

Il avait posté à la gare les deux lettres, afin qu'elles n'arrivassent que le lendemain matin, quand il serait loin. Que de précautions mêlées à sa tendresse!

Le lendemain, à huit heures, à Modane, il se dit : « Le facteur vient de passer chez elles... » et ses cuisses se mirent à trembler. Et il eut un vœu profond, qu'un jour elle fût pleinement heureuse, et qu'il pût trouver dans sa nature l'inspiration de l'aider à l'être. Et il conçut quelque chose qui, s'il eût été chrétien, eût été une sorte de prière pour elle. Et il s'affirma qu'il avait à jamais une dette envers elle, pour l'avoir fait souffrir.

Ainsi s'accomplit, à quatre mois et un jour de distance, le pressentiment qu'il avait noté le 6 mai dans son journal : qu'il quitterait un jour la France pour ne plus entendre sa voix.

DEUXIÈME PARTIE

Aussitôt arrivé à Gênes, Costals y organisa ce qu'il considérait comme la vie idéale. Il loua une garçonnière (près de la Piazza Fontane Marose), et arrêta une femme de ménage. D'un restaurant voisin on lui apportait son déjeuner.

Il se levait à cinq heures, et travaillait de six heures à midi, puis de midi et demi à quatre heures. A quatre heures et demie il sortait, et vadrouillait jusqu'à la minuit, faisant alors un grand nombre de choses qui lui étaient agréables, toutes plus défendues les unes que les autres. Il prenait ce qu'il convoitait. Il avait son code à lui. Ce code était d'ailleurs, sur certains points, fort strict. Mais sur des points où la morale du vulgaire est indifférente. Alors qu'il était lâche sur des points où la morale vulgaire est stricte.

Il ne connaissait personne à Gênes, que des femmes. Seules des femmes passaient sa porte. Sa vie était divisée en deux parts : celle du travail, et celle du plaisir. Cela seul qui lui paraissait important. Comme il n'y avait *rien* d'autre dans ses journées, il avait tout son temps, pour le travail et pour le plaisir, qui l'un et l'autre en demandent beaucoup, si on veut ne pas saboter.

Dans le roman qu'il écrivait, il avait ajouté le personnage de Solange. L'intrigue n'avait aucun rapport avec celle qu'il menait avec Solange, mais le personnage était copié aussi fidèlement qu'il le pouvait. « Ah! ma vieille, tu as voulu boire mon âme! Maintenant c'est moi qui bois ta substance. Apprends qu'un écrivain a toujours le dernier mot. »

Après quatre jours, réexpédiées de Lausanne, arrivèrent des lettres de Solange et de sa mère.

Solange :

... « Vous me dites que vous êtes brisé : je suis anéantie. Mon pauvre ami, que votre souffrance soit grande, c'est possible, mais combien moins que la mienne! La vôtre fut active, si je puis dire; vous êtes le blessé qui arrache son pansement, sa volonté annihile en quelque mesure sa douleur. Moi, je suis celui à qui on l'arrache, c'est pire... Et Dieu sait que vous opérez sans anesthésique! »

Mme Dandillot, elle, reprenait quelques-uns des arguments de la lettre de Costals, contre le mariage. Elle opinait qu'une liaison officielle avec Solange serait pour lui une chaîne beaucoup plus lourde que le mariage.

Elle terminait ainsi : « Croyez que mon estime pour vous est entière, mais je souffre de voir souffrir ma petite Solange. Écrivez-nous. Amitiés. »

Costals jugea ces deux lettres bien raisonnables. « En vérité, ce sont des personnes qui savent vivre. Elles ne compliquent pas les choses; elles les huilent plutôt. Si je me le permettais, je dirais qu'elles sont faciles. Grand éloge à mes yeux, si décrié qu'il soit. »

Combien pour lui toute cette aventure était devenue en quelques heures du passé! Sa peine était comme débordée par le soulagement. Que de fois, fourbu et les reins en bouillie, après les excès sportifs ou cythéréens, il s'était dit : « Il me faudra deux jours pour redevenir moi-même! » Mais c'était après deux heures qu'il n'y paraissait plus. Dans le domaine moral il récupérait aussi vite. Quelques jours de ce régime de Gênes, où il ne faisait rien absolument que ce qui lui était agréable, suffirent à le remettre sur pied. La première manche de son combat avec l'Hippogriffe, il l'avait gagnée par une fuite intelligente. Sans doute y aurait-il une seconde manche, mais, comme cela n'était pas immédiat, la sagesse était de n'y pas songer. De sorte que son euphorie n'était troublée que par la pensée de la souffrance de Solange.

Cette caractéristique de sa nature, de savoir réaliser pleinement, sur le moment même, son bonheur, était accompagnée de cette autre caractéristique : le désir de le faire partager à quelqu'un qu'il aimât. Que de télégrammes à Mlle du Peyron, la priant d'envoyer Brunet, dare-dare, là où se trouvait Costals, parce que Costals était aux anges dans cette montagne ou dans cette forêt! Cette fois encore, après huit jours d'euphorie, il songea à faire venir son fils à Gênes. Mais le garçon était en Angleterre, chez des amis, et il venait d'écrire à son père : « Je suis parfaitement heureux. » On ne dérange pas quelqu'un qui est « parfaitement heureux ». Costals renonça donc à faire venir Brunet, et se contenta, pour le rendre plus « parfaitement heureux » encore, de lui envoyer une belle petite somme d'argent de poche. Par la même inspiration, il envoya des cadeaux à deux demoiselles pour lesquelles il avait quelque chose de solide.

En dix jours, il reçut quatre lettres de Solange. (Il trouvait qu'elle avait pris, un peu, son écriture à lui.) Les trois premières étaient mélancoliques, mais sans excès. Une pointe de gaieté y affleurait à l'occasion. Toutefois, ayant négligé de répondre à la troisième le jour même qu'il l'avait reçue, la quatrième fut une explosion pareille à son geyser de juillet :

« Notre séparation... Je suis comme aspirée par une force indépendante de ma volonté, et cet état de prostration dont je n'arrive à me tirer que pour y retomber plus lourdement me laisse pantelante. Si vous avez douté de mes sentiments à votre égard, et si moi-même je ne les évaluais peut-être pas avec une entière justesse, il ne m'est plus permis de me leurer *(sic)* sur leur force et leur profondeur; je les mesure à ma souffrance. »

PIERRE COSTALS

via Carlo Felice, Gênes

A SOLANGE DANDILLOT

Étretat.

19 septembre 1927.

Ma chérie,

Je ne veux pas que vous soyez malheureuse. C'est très simple : venez.

Venez passer une quinzaine ici. Vous ne comprenez pas. Je vous ai fuie, et je vous rappelle! Mais c'est que, avec moi, ce sont les absents qui ont toujours raison. Vous, en particulier, votre absence me fait toujours du bien. C'est surtout que depuis dix jours je travaille comme un buffle (ou plutôt comme un demi-buffle, ne travaillant que la moitié de la journée). Or, j'ai dans ma vie deux grands sédatifs : certain acte, que vous appréciez peu, mais qui, moi, me délivre; et le travail. Le 7 septembre il y avait quatre mois qu'à cause de vous je n'avais pas écrit une ligne. Maintenant je me suis dégorgé, il y a de nouveau place pour vous, je me sens en forme pour vous rendre heureuse pendant quinze jours. Je dis « quinze jours », parce que, le seizième, il est probable que je recommencerais à vous persécuter.

Je prendrai à l'hôtel un appartement. Vous vous inscrirez comme ma femme.

Et enfin il y a dans ce projet, pour une jeune fille aussi «vraie jeune fille» et aussi bien élevée que vous, quelque chose d'extrêmement inconvenant, qui est une raison de plus pour que vous me fassiez le plaisir de l'approuver.

Je vous embrasse de toute ma tendresse.

C.

Attention! Il n'y a nulle arrière-pensée hippogriffale dans mon projet. Je voudrais seulement que vous ayez les « quatorze jours de bonheur » de la Bibliothèque Rose. Comme vous resteriez quinze jours, vous voyez que je me donne le droit de vous rendre malheureuse pendant une journée.

Écrit par Costals
dans son carnet de notes, le même jour.

La charité engage. Si vous écrivez à une femme : «Ma chérie», il faut bien vous dire que cela vous engage. Que vous ne pourrez plus jamais lui écrire : « Chère Solange » sans qu'il y ait du cœur gros, des yeux fixes, des « Pourquoi a-t-il changé? », de la rumination vaccine.

Costals avait écrit cette lettre sous le coup du S. O. S. de Solange. A peine fut-elle partie, qu'il s'inquiéta. Il ne craignait pas que ses hésitations, quant au mariage, recommençassent : il se sentait ancré avec force dans le *non*. Mais, quinze jours de présence continue de Solange, cela était lourd. Et puis, pour se consacrer tout à elle, il faudrait cesser de voir Mlle Bevilacqua...

Il n'avait nul besoin de Solange. Nul besoin. Ni ses sens, ni son cœur, ni son intelligence, ni son imagination n'avaient besoin d'elle. Il la rappelait, seulement à cause du bonheur qu'elle aurait en recevant sa lettre. Le difficile était de soutenir ce bonheur. Et durant quinze jours! Si au moins il n'avait parlé que de huit jours! Quand il avait écrit « ma chérie » (c'était la première fois qu'il employait cette expression dans une lettre adressée à elle), il s'était demandé : « Pourquoi est-ce que je lui écris : ma chérie? C'est quelque chose de voulu, rien d'autre.

Au fond, il n'y a pas de raison. » La raison était qu'il l'aimait moins. C'était sans doute parce qu'il l'aimait moins qu'il l'avait appelée : ma chérie.

Il espéra vaguement qu'elle répondrait qu'elle ne pouvait pas venir. Il songea même à lui écrire qu'il était tombé malade. La petitesse et la malhonnêteté du procédé l'arrêtèrent. Il lui avait causé assez de déceptions comme cela. Repos dans le régime des douches écossaises!

La réponse de Solange tarda un peu. Il imagina qu'elle s'était refroidie à son endroit, et en fut soulagé : il lui serait plus aisé de rompre. Puis la réponse arriva :

« Mon ami très aimé, votre lettre me cause un plaisir immense. La joie que j'ai est telle qu'il me semble que je vais en crier... Maman a d'abord renâclé. Mais lorsqu'elle a bien vu l'immense plaisir que ça me ferait... Vous ne pouvez pas savoir comme Maman est gentille. Nous avons passé la soirée d'hier à combiner tous les mensonges qu'il faudra faire à nos cousins d'ici, pour expliquer ce séjour en Italie. J'arriverai le 27 à 2 h ½. Mais je mets à ma venue une condition : que vous continuiez à être un demi-buffle, autrement dit que vous ne changiez en rien pour moi vos heures de travail ni votre genre de vie, et que je ne sois pas pour vous un dérangement. »

La lettre continuait, pleine d'affection et d'expansion. Sa joie se communiqua à Costals : il fut content et résolut de faire de ces quinze jours quelque chose d'aussi bien que possible. Néanmoins, quand il fallut chercher un hôtel, remballer partie de ses affaires pour les y emporter, etc., il soupira : que de temps elle lui faisait perdre, cette petite! Il rêva au jour où elle serait repartie, et le cocha sur son calendrier : le 12 octobre!

Le 25, il s'aperçut qu'il avait omis quelque chose de très important, et il télégraphia à Solange : « Apportez lapin peluche. Important. Tendresses. »

Le 26, nouveau télégramme : « Apportez journal Tolstoï et Mme Tolstoï. Important. Tendresses. »

A 2 h 20, Costals se dirige rapidement vers le quai où va arriver le train de Solange. Jamais il n'a eu tant envie de toutes les femmes qu'il voit. Ne va-t-il pas durant quinze jours être le prisonnier de Solange? Soudain, devant un kiosque à journaux, une fille de dix-sept ans... « O Dieu! elle me brûle, cette fille! Dire qu'elle n'est qu'une de mes côtes! Un *os surnuméraire* [1]! Rien à faire, il me brûle, cet os! » Il halète. En quelques secondes il devient cramoisi, comme si le sang allait jaillir en gouttelettes à travers la peau du visage. Elle a les cheveux noirs, les yeux en amande; la ligne du nez

1. Selon la Bible, la femme est censée avoir été formée d'une côte de l'homme. C'est Bossuet qui appelle la femme « un os surnuméraire ».

et du front, très longue, fuit, fout le camp en arrière comme dans le profil de Lionel d'Este, par Pisanello; le type aztèque : c'est ça, c'est une Génoise aztèque; sa poitrine est plate comme celle d'un garçon, mais d'un garçon qui ne serait même pas un peu charnu : Costals a horreur de cela chez une femme, c'est le contraire de ce qu'il aime, et c'est pour cela que maintenant il l'aime. « Je suis fou de cette fille... Je suis fou de cette fille... » Leurs regards se croisent. Costals zigzague dans sa course, comme une bête blessée, s'arrête à demi. Il a six minutes devant lui, le temps de l'aborder, de commencer quelque chose avec elle. Ce désir passionné, ce besoin tragique d'échapper à Solange, au moment précis où il semble que la cage va se fermer sur lui, le pousse à vouloir réussir à tout prix cette capture. L'étrangère se dirige vers le quai : Costals la dépasse, la regarde encore, intensément, et de nouveau elle tourne les yeux vers lui. Là-dessus un train entre en gare; serait-ce celui de Solange? Sa montre marque 2 h 26, mais peut-être retarde-t-elle. Il ne peut pourtant pas laisser sa « chérie » débarquer seule, le chercher... horrible! Mais il est horrible aussi de perdre cette femme, alors qu'il eût suffi peut-être qu'ils se rencontrassent dix minutes plus tôt. Il s'éloigne d'elle pour interroger un employé (non, ce n'est pas le train de France), puis revient vers elle, en courant presque. A ce moment un autre train apparaît dans le lointain du quai. Combien de secondes mettra-t-il avant que le wagon de Solange s'arrête? Trente-cinq? Est-ce qu'en trente-cinq secondes on peut aborder une jeune fille inconnue, de type aztèque, et lui dire : « Au nom du ciel, laissez-moi vous revoir, donnez-moi un rendez-vous! », en mettant dans son regard assez de domination, de supplication, de sincérité, de sécurité, etc., etc., pour que, etc., etc.? Cela (la perversité s'en mêle), il voudrait le faire quand Solange est là, à deux cents mètres, à cent mètres, dans le rayon de son regard. « Mon Dieu! mon Dieu! que j'ai envie de faire l'amour avec elle! Mon Dieu, inspirez-moi! Mon Dieu, aidez-moi! » (Intérieurement, il tombe à genoux.) « Toute ma vie, se murmure-t-il en lui-même. Je ferai son bonheur toute ma vie. » Le train glisse le long du quai. Costals perd la tête. « Dire que je ne l'aurai pas! » Quelque chose de voisin des larmes lui monte aux yeux. Exaspéré, désespéré, furieux contre Solange, il fait volte-face, s'éloigne de l'inconnue. Qu'au moins il ne la revoie plus! Que plus jamais il ne revoie ce visage! Qu'il lui soit permis de l'oublier! A la portière d'un wagon voici un autre visage, hier terre promise comme vient de l'être celui de la Génoise, aujourd'hui trop obtenu et trop familier, *du courant*... Mlle Dandillot ne saura jamais comment elle fut trompée, trahie, et presque maudite, en cet instant où elle retrouvait, toute chargée de confiance et de joie, celui qui l'avait appelée ici.

Au milieu de la foule, il lui posa sur la joue un court baiser, un baiser de mari. Et il s'affairait après un porteur — bien inutile, car elle n'avait qu'une petite valise de pensionnaire, — comme s'il cherchait un prétexte, parce qu'il ne savait que lui dire.

A l'hôtel, quand ils entrèrent, il y eut dans le hall un mouvement de resserrement et un froid. Dès le premier instant où il y était entré, l'autre jour, pour la seule façon dont il avait dit : « Est-ce qu'on peut louer un appartement? », il avait été haï.

Solange se pencha sur la feuille d'identité. « Que j'aime la voir lorsqu'elle ment! » songea-t-il. Il savait qu'elle inscrivait : *Solange Costals*. Le visage de la jeune fille était beau et grave. Le gérant la regardait écrire, avec attention. Le portier et le groom se dirent quelque chose à voix basse.

— Vous mentez comme un ange! murmura-t-il avec satisfaction, dans l'escalier. Je craignais toujours que vous ne sachiez pas faire cela, et c'est une véritable maladie, que de ne pouvoir mentir.

— Je peux tromper des indifférents. Je ne pourrais pas tromper quelqu'un que j'aime.

— Non, moi non plus. Mais je pourrais tromper quelqu'un que je n'aime qu'à moitié.

Pas une seconde Mlle Dandillot n'avait soupçonné que Costals la faisait venir à Gênes par « gentillesse », autrement dit par charité. Quoi, pensait-elle, il n'avait pas fallu plus de dix jours pour qu'il la rappelât! Quelle meilleure preuve qu'il ne pouvait se passer d'elle? Comment douter après cela de ce que serait l'issue de leur débat? Elle en vint à juger que la fuite de Costals était providentielle. Mme Dandillot elle aussi fut impressionnée. Au fond de l'eau, ventre en l'air, le 8 septembre, l'Hippogriffe, plus gaillard que jamais, nageait à la surface le 21. Après quelques hésitations, elle consentit à laisser partir sa fille. Elle se disait : « Il aura cohabité avec elle, à l'étranger, pendant quinze jours. Jusqu'à présent je pouvais feindre d'ignorer la nature exacte de leurs relations. Après cela, impossible. Aura-t-il le toupet de se dérober encore? de me faire ce qui cette fois sera un affront? »

Mme Dandillot et Solange furent d'accord que, moins que jamais, Solange ne devrait parler de mariage. Elle devrait être censée, après les deux lettres et le départ de Costals, avoir fait son deuil de ce rêve, et n'être venue à Gênes que pour avoir avec lui « une page de bonheur », avant de commencer à s'abandonner, autant que l'autorisait son deuil, à l'assaut des prétendants. Mme Dandillot trouva mieux encore : il s'agissait d'éveiller la jalousie de Costals avec ces prétendants, et voici ce qu'elle imagina.

Deux ans plus tôt, Solange avait refusé un jeune ingénieur des Ponts et Chaussées, M. Jean Tomasi. Mais Mme Dandillot, attirée par le vague comme l'aiguille aimantée par le nord, avait bien marqué, en transmettant le refus de Solange, que « l'avenir n'était pas interdit », que sa fille était très jeune, et que « plus tard, peut-être... ». Une fois l'an, depuis deux années, le tenace ingénieur faisait une visite à Mme Dandillot : on restait toujours dans le vague, non sans laisser la porte entrebâillée. Mme Dandillot suggéra donc à Solange de dire à Costals que, tout espoir d'épouser qui elle aimait étant perdu, sa mère allait rentrer en relation avec M. Tomasi, et que sans doute il ne lui restait plus qu'à accepter l'ingénieur.

Solange d'abord se cabra. Lorsque, huit jours plus tard, elle disait à Costals : « Je ne pourrais pas tromper quelqu'un que j'aime », elle était vraie. Les yeux fixés sur le tapis, durcis par la volonté, elle répétait à sa mère : « Non, je ne veux pas lui mentir. »

— Mais, ma petite, ce n'est pas lui mentir. Tu sais bien que Tomasi vient me voir chaque année, et, précisément, toujours en octobre. Dans un mois il sera là. Ce n'est pas mentir que dire à Costals : « Ce garçon doit venir voir ma mère incessamment. »

— Cela, je peux le dire, mais je ne veux pas dire que j'accepterai de l'épouser, puisque je ne l'épouserai pas. Je ne l'ai pas épousé quand je n'avais personne dans le cœur, je ne l'épouserai pas maintenant. Maintenant, c'est Costals ou personne.

— Tu peux dire : « Puisque décidément je dois renoncer à vous, vous ferez bien de vous rendre compte que ces quinze jours à Gênes sont l'épilogue de notre liaison. Maman pense que, après tout ce qui s'est passé, la seule solution est de me marier au plus tôt. Elle veut que cet hiver ce soit chose faite. » Est-ce là mentir? Qui te dit que, si Costals atermoie encore, ce n'est pas ce que je ferai?

— Je verrai, dit Solange. — Elle roula tout cela dans sa tête, où il en resta beaucoup.

A l'hôtel de Gênes, l'appartement était composé de deux chambres spacieuses, séparées par deux salles de bains et une entrée. Costals avait pensé que, lorsque Solange aurait pris son bain, il l'emmènerait faire un tour. Il l'imaginait beaucoup plus friande de respirer l'Italie, que de caresses dont il avait tout lieu de croire, après leur dernière rencontre, qu'elles pouvaient sans peine être remises à la soirée. Il fut donc très surpris quand, les ablutions accomplies, il la vit apparaître non en vêtement de ville mais en déshabillé. Elle était entièrement nue, sous un tissu presque transparent. Le centre de son corps faisait sous l'étoffe blonde une tache sombre, comme une mousse marine sous un léger voile d'eau. On devine ce qui s'ensuivit. Il fit cela du même geste avide avec lequel il cherchait à mettre la main sur la postérité.

Dans le cancionero d'Anvers, Tristan et Iseult, sur le lit, restent « embrassés, bouche contre bouche, aussi longtemps qu'une messe chantée ». Costals et Solange restèrent sur le lit une heure de plus que l'office de Ténèbres, à Solesmes. Ils s'étaient étendus à trois heures et demie. Ils se relevèrent à neuf heures.

Il l'avait tirée du puits de la douleur pour la faire vivre auprès de lui, non plus quelques heures en passant, mais nuit et jour, lui seul avec elle seule, rapprochés plus encore l'un de l'autre au sein de la multitude étrangère. Il lui avait dit de s'inscrire à l'hôtel sous son nom à lui, et elle avait tracé ce nom qui était son nom d'âme : Solange Costals. Et elle était là, maintenant, « Madame » aux yeux de tous, dans les conditions mêmes où elle se fût trouvée en voyage de noces, et dans la terre classique des lunes de miel et des fleurs d'oranger. A aucun moment, depuis qu'elle le connaissait, elle n'avait eu foi à ce point en ce qu'elle espérait : elle était entrée dans la sécurité absolue. Et son amour, qui attendait pour se lâcher bride de voir devant lui cette longue route libre, déferla dans toute sa force, comme une luge lancée sur une pente.

Jamais Costals ne l'avait vue telle qu'il la vit ce jour-là. Son incroyable tendresse. Son incroyable visage de femme heureuse, irradiant le bonheur, au fond de ses cheveux dénoués, qui étaient comme un troisième être couché entre elle et lui, dont il avait épais, plein la main. En fait, le troisième être était surtout le lapin en peluche, posé sur l'oreiller contre la tête de Solange; fort pelé et poussiéreux, car « crasseux » ne serait pas galant, avec une de ses oreilles lui retombant sur le museau, et un de ses yeux remplacé par un bouton de bottine. Souvent Costals le baisait au lieu de Solange, à moins qu'ils n'unissent leurs trois bouches : Costals, qui connaissait son génie, savait bien pourquoi il l'avait priée de s'adjoindre ce lapin. (D'autres fois, il lui arrivait de faire porter à ses amies, durant les caresses, des têtes de carnaval représentant des têtes d'animaux. Combien alors il les dépassait! bondissait hors des limites étroites de ce sexe!) Il le mêla si fort à leurs jeux qu'un moment vint où le lapin envahit complètement son imagination, en chassant Solange. Sa volupté prit alors un caractère religieux, mais bientôt, n'étant plus maître du mythe qu'il avait déchaîné, et en proie à la part phrygienne de lui-même, il fut pris d'une sorte de terreur, et, les yeux dilatés, alla poser le lapin sur un fauteuil, où il le cacha sous son pyjama. Il rentra alors dans sa raison.

Toutes les trois minutes Solange se reculait un peu pour le regarder dans les yeux, puis elle l'embrassait, lui caressait le visage, lui donnait plus de baisers qu'il ne lui en donnait lui-même (il était comme un boxeur débordé), et il y avait ses longues mains, qu'il trouvait toujours sur lui à des endroits imprévus, sur sa hanche, sur ses épaules, comme ces statues antiques qui gardent, posées sur elles, des mains de marbre coupées, provenant d'une statue jointe qui a disparu. Elle poussait sa tête, à la mode chatte, et la nichait dans son aisselle; et sa façon soudaine et brusque de se presser contre lui, avec un court petit gémissement : à la lettre, elle râlait de tendresse. Comme il la possédait pour la seconde fois, il crut voir son visage un peu égaré, il lui dit : « Eh bien! Est-ce que vous commencez enfin à sentir quelque chose dans ce sacré guignol-là? », elle répondit : « Cela m'est moins indifférent qu'au début. » Comme, sur ce chapitre, il ne fallait pas lui demander trop, Costals jugea cette phrase si chaleureuse qu'il en fut enflammé, et le lui prouva une troisième fois. Elle tirait sa langue, comme un chien, pour la donner.

Lorsqu'il se leva, sentant la faim, et qu'il lui dit : « Allez, maintenant, debout là-dedans!

Oguef[1]*!* Et au jus, en vitesse! », elle eut un petit soupir, presque un cri, et elle dit ensuite : « Je vous aime tant! » comme si elle sous-entendait : que je resterais bien ainsi jusqu'à la nuit. La lèvre de Costals saignait, d'un coup de dent de la pastourelle; son visage était défait et tuméfié par les baisers; et il se sentait un peu groggy. Se trompant, il ouvrit la porte de la salle de bains de Solange. Et il vit, imprimées dans la serviette mouillée étendue à terre, les marques de ses pieds nus. Il se souvint que, ayant baisé tous les endroits de son corps, cependant il n'avait pas baisé ses pieds, et il en fut attristé.

1. « Debout! » en arabe.

De tout temps il y avait eu entre Costals et les animaux des fluides obscurs. Dans les rêveries de sa douzième année, il voyait un ours s'avancer vers lui. Mais alors il souriait à l'ours, et l'ours lisait dans ce sourire : « Non seulement je ne te veux nul mal, mais je te veux du bien, parce que je te comprends parfaitement. » (Déjà il y avait peut-être, dans ce « Je te comprends parfaitement », l'intuition d'une connaissance anormalement obtenue.) Et l'ours ne l'attaquait pas. Même, ils devenaient copains, s'aidaient l'un l'autre. Notons en passant que l'enfant avait méprisé le *Jungle book*. Une personnalité passionnée ne supporte pas, sur un sujet qu'elle a à cœur, une façon de sentir qui diffère un peu de la sienne propre. Le petit Costals eût trouvé naturel que le monde animal fût fermé tout à fait à Kipling. Mais, ce monde n'étant pas fermé tout à fait à Kipling, il était irrité par l'interprétation superficielle que l'écrivain donne des bêtes, et par le caractère superficiel des rapports entre elles et Mowgli.

La performance, « arrêter l'ours en lui faisant un sourire », n'était pas, avec l'âge, tombée de l'esprit de Costals. Si, à trente-quatre ans, il lui arrivait de rencontrer, dans un bois désert, un chien errant de mine sinistre, jamais l'idée ne lui venait de ramasser à tout hasard une pierre, ou seulement de tracer vers lui le signe de la croix, ce qui — les bêtes étant toujours pleines de haine pour Jésus-Christ — l'eût fait fuir en hurlant. Il se disait : « S'il passe sans me regarder, je ne le regarderai pas. S'il me regarde, je le regarderai, sans plus, et il ne me mordra pas. » Il y avait là une foi mystique, et Costals la connaissait bien pour telle : il savait donc qu'il était en pleine absurdité. Devant le chien patibulaire il goûtait le triple plaisir : 1° de l'absurde; 2° de faire confiance, non seulement au chien (amour), mais à son propre pouvoir (orgueil) et 3° du risque (car enfin il savait bien qu'il risquait, à se confier à son sourire).

Retour de la guerre, Costals s'était abouché avec un dompteur, M. B... Il avait appris de lui que le dressage par la douceur, né en Allemagne, avait fait école depuis peu. Entre les dompteurs allemands et certains de leurs fauves, mâles ou femelles, s'établissaient souvent des liens amoureux, qui allaient quelquefois assez loin, et grâce auxquels la bête faisait, par affection, ce que les anciennes méthodes lui faisaient faire par la crainte.

Costals était entré dans la cage avec M. B..., et, après quatre ou cinq séances d'observation, s'était appris à manier un peu les bêtes, sous la surveillance du dompteur : il croyait que, s'il avait eu le loisir de pratiquer d'une façon suivie le dressage, il y eût acquis quelque capacité. Il y avait dans le dressage des félins, tel qu'il l'entendait, une œuvre de domination à base de courage, d'intelligence, de sympathie « pure » et d'émotion sexuelle (émotion qui se trahissait naïvement par ses manifestations physiologiques), tout cela pouvant d'une seconde à l'autre se transformer en violence, qui convenait à merveille à son tempérament.

Ce pouvoir de Costals sur les bêtes s'étendait sur les êtres de jeunesse mais s'arrêtait à elles et à eux. Costals n'avait nul pouvoir sur les hommes ni les femmes « faits » (oh! le joli mot! comme les fromages!). Dans ses relations d'affaires, il n'avait d'autre pouvoir que celui de la volonté, de l'habileté, de la brutalité et de la duplicité, qui sont les ingrédients ordinaires par lesquels un homme parvient à faire ce qu'il veut, et à éviter ce qu'il ne veut pas. Dans sa chasse aux femmes, seuls jouaient le prestige, la persuasion, la patience : rien que de naturel et de commun. Et ses échecs, dans ces deux ordres, étaient d'ailleurs nombreux. Ajoutons que, même avec les bêtes et les êtres de jeunesse, son pouvoir, certains jours, tombait comme le vent tombe. Tristes bonaces! Il fallait n'être plus qu'un homme normal. Il en était tout dépaysé.

Dans le vaste monde des vivants, les bêtes et les êtres de jeunesse étaient les seuls vivants auxquels Costals ne voulût jamais de mal, auxquels même il voulût toujours du bien. Peut-être était-ce là, du moins en partie, le secret de son pouvoir sur eux : ils sentaient qu'il leur voulait du bien. La raison de cette bienveillance était sans doute dans leur gentillesse et dans leur grâce; elle était aussi en ce fait, qu'ils étaient le comble du naturel : comment s'irriter d'eux, puisqu'ils ne prétendent pas? Un homme et une femme « faits » prétendent, et, prétendant, ils sont neuf fois sur dix au-dessous de ce qu'ils devraient être : de là qu'ils irritent à bon droit quiconque n'a pas renoncé à se faire du genre humain une idée un peu haute. Mais on ne peut haïr, on ne peut mépriser ni l'enfant ni la bête, parce qu'on ne peut jamais dire qu'ils sont au-dessous de ce qu'ils devraient être : ils échappent miraculeusement. Costals leur était si reconnaissant de pouvoir, grâce à eux, savoir ce qu'est la sympathie — la sympathie qui, selon lui, avait été le propre de l'âge d'or, — si reconnaissant de pouvoir, auprès d'eux, se détendre de cette rigueur prête au pire, qui était son attitude ordinaire à l'égard de ses semblables, qu'il en venait à des formules un peu excessives. Des bêtes et des êtres de jeunesse, « Ils rachètent l'humanité », disait-il. C'était à cause d'eux, *et d'eux seulement*, que, s'il avait eu le pouvoir de faire le mal en grand (par exemple, de bombarder une ville), il ne l'eût fait qu'avec horreur, et peut-être ne s'y fût pas résolu. La rédemption de l'humanité par la jeunesse et par les bêtes était un de ses mythes favoris, et (ce qui est plus étrange) l'avait été dès l'époque où il était lui-même un adolescent.

Il fallait s'étendre un peu là-dessus, pour préparer le lecteur à la scène qui suit.

A peine Costals et Solange eurent-ils arrêté une table, pour déjeuner, dans le jardinet de cette petite trattoria de banlieue, qu'une escouade de chats sortit de la maison, et trottina vers eux; cela se fit en ordre dispersé, l'un d'eux s'étant arrêté pile au beau milieu du mouvement, pour se lécher une patte. Il y avait cependant d'autres mangeurs, mais non, c'était eux qui tout de suite avaient été repérés. Le chat rose ne fit ni une ni deux : d'un bond il sauta sur les genoux de Solange, puis grimpa le long de son buste, s'installa sur son épaule, poussa du museau contre sa toque, qu'il mit tout de traviole, érigea comme il faut sa queue, que Solange ne parvenait pas à rabattre, pour lui montrer son derrière, pareil à une petite lune pleine, enfin n'eut plus d'autre objectif que de lui mettre le susdit sous le nez.

Et le chat jonquille! Une crevette chatesque. Un phénomène de maigreur et de virulence, tenant de la puce, de la crevette et de l'araignée. Se levant sur les pattes de derrière et se mouchant dans la main pendante de Costals. Sautant sur la table afin d'être plus près de son visage. Si Costals s'éloignait un peu, pour aller voir le paysage, se dressant sur le rebord de la table, les pattes de devant étirées et battantes, comme pour le retenir, et lui prouvant à satiété que, contrairement à l'amour mystique, l'amour chatesque n'arrive pas à faire voler, sans quoi il y a beau temps qu'il se fût envolé dans les airs, pour venir se câliner à ses joues. Et tout cela avec un tel vacarme de ronron, que la gorge de Costals était en feu. Mais chaque fois qu'un bruit se faisait entendre dans l'auberge, la bestiole tournait la tête, et le ronron s'arrêtait. « Les animaux eux aussi! pensait Costals. Que le *foyer* se rappelle à eux, il suffit : à l'instant leur bonheur cesse. » (Disons-le entre parenthèses, c'est une chose fort étonnante, chez un chat, que ce don de se mettre debout sur les pattes de derrière, à la manière même des chèvres. Qu'il fasse cela quand on l'appelle, quand on le tripote, passe encore, mais se soulever, comme un chat de cirque, à dix mètres de l'homme, simplement parce que, l'ayant perdu de vue, il vient de l'apercevoir, quelle sensibilité, avec une jolie nuance d'hystérie!)

Quand le chat rose mit sa tête dans le cou de Solange, Costals remarqua qu'elle avait un petit frisson. Elle dit que son odeur était l'odeur de vanille qu'ont les chats, lorsqu'ils sont jeunes, sains, et bien débarbouillés. Et son sens du chat était démontré par la conversation qu'elle soutenait avec lui. A toute phrase qu'elle lui disait, il miaulait. Qu'elle se tût, et parlât à nouveau, à nouveau il répondait. Qu'était cela, sinon la parole?

— J'ai toujours été ainsi avec les bêtes : une grande sœur pour eux. Petite, je ne faisais aucune différence entre elles et les hommes. Je disais à mon frère : « Si tu tapotes comme ça contre l'aquarium, tu vas faire pleurer les poissons. » Je prétendais que le cheval n'aime pas sa figure, et que c'est pourquoi il trouble du sabot l'eau où il va boire, afin de n'y pas voir son reflet. A Toulon, où nous eûmes une villa pendant quelque temps, les jours de sirocco me mettaient dans le même état électrique où ils mettaient les bêtes, qui devenaient un peu folles. J'avais besoin de courir, j'entraînais Gaston pour qu'il coure avec moi...

— Depuis longtemps j'ai perçu le côté animal qu'il y a en vous, à votre façon de fixer la flamme quand on nous fait flamber une omelette au rhum, ou à votre accent pour parler de vos chattes, dont, soit dit en passant, je ne sais pas encore les noms...

— Elles n'en ont pas.

— Pas de noms? Alors comment faites-vous pour les appeler?

— Je ne les appelle pas. Elles viennent quand elles veulent.

Mot sublime, pensa Costals. Voilà le gage de ma liberté future, si je l'épouse, ce qui est bien possible. Et la chose la plus difficile à obtenir des gens, même de vos amis, c'est qu'ils vous laissent votre liberté. Je « viendrai quand je voudrai ».

Seul des quatre, le chat bleu quêtait en grossier de la nourriture; les autres, sans doute, étaient là dans le même but, mais ils le voilaient admirablement (et quel temps mettait le chat bleu pour savoir s'il avait envie de ce que Costals lui offrait, ou non!). Quand Costals lui présenta un peu de moutarde sur le bout du doigt, son regard de déception, d'irritation, de blâme, et aussi de prétention : Monsieur se croyait! Monsieur se sentait offensé! Mais quand il lui offrit, ensuite, une pelure d'orange, c'en fut trop : Monsieur s'enfuit d'un trait. Maintenant il boudait, assis à trois pas de la table, regardant de l'autre côté lorsqu'on lui faisait pss..., comme un bourgeois lorsqu'un pauvre se rapproche, et bâillant. Quant au chat mauve, grimpé sur la table, il buvait Solange des yeux, ouvrant de temps en temps sa gueule, avec un miaulement tout virtuel (on n'entendait rien) : il avait l'air, à la fois, d'un phoque et d'un ourson. Elle dit :

— Comme le silence des bêtes est plus émouvant que le verbiage des hommes!

— Oui, mais le silence de l'homme est plus émouvant que le silence de la bête.
— Excusez-moi, à force d'entendre parler

de l'intelligence des bêtes, il m'arrive quelquefois d'être frappé surtout par leur... bêtise.

Le chat jonquille avait enfoncé sa tête, avec brusquerie, dans les mains à demi refermées de Costals, et la laissait là depuis quelques instants, comme un enfant qui pleure dans les mains de sa mère, ou un amant dans celles de sa bien-aimée. Et Costals, quand on apporta le plat, d'abord n'eut pas le courage d'y toucher, ce qui eût dérangé le chat. Par bonheur, celui-ci, ayant levé la tête, et vu de loin un petit garçon, qui apparemment lui plut davantage que Costals, sauta à terre sans façon, et courut se frotter contre ses mollets nus, ce qui permit à l'écrivain de reprendre son déjeuner. Alors le chat mauve, qui avait attendu son tour, comme une personne qui attend pour se confesser, présenta son numéro, que Costals eût pu décrire ainsi :

Minine, juste au milieu d'un rayon de soleil, comme une danseuse sous le projecteur, tout le reste demeurant dans l'ombre.

Minine secoue une patte.

Minine, une oreille haute et l'autre basse, comme un noceur. (Pourquoi un noceur?)

Minine me repousse de la patte. Oh mais! nous avons une personnalité!

Minine mord la manchette de ma chemise, avec le dernier excès.

Minine relève avec sa patte son oreille basse, mais cette fois met l'oreille à l'envers : pas de chance. Minine ne peut plus la remettre à l'endroit, et me regarde avec un air empoisonné.

Minine suce l'extrémité du manche de ma fourchette.

Etc.

Costals, pour se débarrasser du chat mauve, lui déplia sur le sol un journal : la souplesse et la sécheresse de ce journal, les petits craquements qu'il faisait, prirent merveilleusement sur les nerfs du chat mauve. Tantôt, assis sur son postérieur, jouant des pattes de devant avec le bord du journal, comme de juste perdant l'équilibre, tombant à la renverse, apercevant de la sorte son derrière, d'où tentation irrésistible de le lécher, toutes affaires cessantes. Tantôt assis sur le journal, avec le bout de sa langue qu'il a oublié de rentrer, qui sort un peu, comme un bout de jambon hors d'un sandwich, et il ne le sait pas, et, serait-il devant vingt personnes, aucune d'elles ne lui en ferait la remarque, comme on le ferait à un monsieur qui aurait une crotte d'oiseau sur son veston. Pourtant, ce bout de langue oublié, cela ne lui donne pas l'air intelligent. Quand le chat mauve faisait mine de quitter le journal pour revenir vers la table, Costals le regardait avec sévérité, et le chat s'arrêtait, une patte en l'air :

— Votre façon d'arrêter ce chat me rappelle celle dont je dompte notre chatte noire. Il faut vous dire que je n'aime pas cette noire, parce qu'elle a toujours été le chouchou de tout le monde à la maison, de mon père surtout. Il suffit que je la regarde, elle change de visage, baisse les oreilles, et après un moment s'en va, sentant que je ne l'aime pas.

Une petite pause, et elle appuya : « Je ne l'aime pas! » Avec quelle passion! Costals sentit qu'elle pourrait être dangereuse, un jour.

— Je vais vous montrer bien mieux.

Il passa la main sur le chat mauve, à la naissance de la queue, lui prit l'arrière-train dans la paume. Alors le chat mauve, qui sans doute était une chatte, perdit tout à fait la tête. Érectile et vibratile, tendu à se rompre, dans un paroxysme nerveux vraiment impressionnant, égaré, plein de petits râles, avec des yeux de femme russe (vert clair, dilatés à la limite), il se tortilla, devint un chat-serpent, s'offrit de toutes parts, toute sa dignité à vau-l'eau (qui jamais n'avait été bien grande), « entra » et « sortit » comme un taureau « facile », couvrit de poils les chevilles de Costals, témoignage irrécusable, délices d'un juge d'instruction, lui marcha sur les souliers, et lui rappela enfin de mille manières qu'il était grand temps de l'exorciser. Costals, lui aussi, était sérieusement touché par l'Esprit. Devant le chat mauve, comme devant un bouquet de fleurs, il aurait voulu danser, se prosterner, frapper de son front la terre, et finalement le manger :

ce dernier mouvement étant celui qui pousse les croyants à manger leur dieu, les amants à baiser et à mordre l'être qu'ils aiment, qui est l'ébauche de l'acte de le manger (« manger de caresses »). Il se contenta de pousser des cris. Par mimétisme, son visage était devenu un visage de chat, il avait pris leur état enfantin, leurs yeux de folle innocence, et même il ronronnait, d'un ronron si pareil au vrai que Solange, penchée vers lui à l'écoute, en restait saisie. Bientôt — comme avec le lapin de peluche, — il dut briser là, sentant venir le moment où il ne lui resterait plus qu'à se taillader la chair et à croquer du verre pilé.

Comme ils se retiraient, après des adieux touchants à la gentille escouade, il lui dit :

— En provençal, une jeune fille se dit une *chatouno*. Désormais je vous appellerai la *chatoune*.

De ce déjeuner il rapporta deux traces profondes, laissées par : 1° l'animalité de Solange, qui la rapprochait beaucoup de lui; 2° l'étrange regard (jaloux?) qu'elle lui jetait, tandis qu'il tenait longuement dans une de ses mains les deux petites mains chaudes du chat jonquille.

Ensuite ils se firent conduire au port. L'eau était vert d'eau, le ciel était bleu ciel, les vapeurs saignaient dans la mer (leurs coques peintes au minium). Les quais sentaient le chanvre, le goudron, le bois, la saumure. Sur les chalands surchauffés dormaient les dockers aux yeux de kohl. Un paquebot appareillait; quand il sortit du port, le pauvre, il poussa un petit cri, pour se donner du courage, et il lâcha de l'eau, par derrière : le pipi de la frousse. Sûrement, c'était un bateau qui était jeune dans le métier.

Ils s'engagèrent sur le môle, puis s'arrêtèrent et s'assirent sur un tas de cordages. Composé délicieux de vent frais et de soleil chaud! Une vague, avec un bruit d'explosion, frappait parfois le pied du môle. Un voilier s'éloignait; il s'appelait *Dignitas* (imaginons un chalutier français qui s'appellerait le *Dignité!*) et son amarre, qui se déroulait sur le bord du quai, avait tout du serpent de mer se laissant couler paresseusement dans la flotte. Le soleil faisait rire sur ses flancs une marbrure dansante de flammes et de fleurs; l'ombre du navire, sous le navire, était verte comme de l'absinthe. Les mouettes se laissaient balancer par la houle, avec des mines *uncomfortable;* on voyait bien qu'elles sentaient venir le mal de mer. Et parmi les mouvements du port, tous pesants ou lents, un canot automobile mettait sa seule vitesse. Un large trident neptunien, fait d'écume, demeurait longtemps sur l'eau après qu'il eut disparu. De l'autre côté, vers le large, la mer s'agitait et clapotait, comme une femme qui fait un mauvais rêve.

Solange dit que les barques amarrées, avec leurs carènes en forme de cœur, et leur balancement perpétuel, faisaient penser à des cœurs tourmentés. Costals dit que, oscillant l'une contre l'autre, elles lui rappelaient plutôt une rangée d'Aïssaouas. Puis il fit un laïus poétique sur « les barques aux flancs de femme, qui sont sous vous comme des montures, comme des juments qui sautent l'obstacle, quand la vague les soulève, et qu'on les sent onduler au-dessous de soi de toute leur vie propre, et qu'on les aide avec la complicité d'amour »; il avoua qu'il ne pouvait se trouver en barque, sur une mer sillonnée par la houle, sans être la proie d'un certain trouble. Solange ne se tint pas pour battue : elle compara le mouvement si doux des barques amarrées, se retirant un peu, puis se rapprochant, à celui des voitures d'enfant que les mères, assises, font aller et venir pour endormir l'enfant.

Costals dit que leur lutte à coups d'images, sur un thème donné, c'était les chants alternés des anciens bouviers grecs, et qu'elle méritait la couronne de fleurs à cause de l'image des voitures d'enfant.

— J'ai eu la couronne pour le dompter des chats. Vous l'avez eue dans le tournoi des images. A propos de quoi la belle?

— A qui de nous deux fixera le soleil.

Costals gonfla les biceps : le soleil et lui (ou : « lui et le soleil »), des copains! On allait voir ça.

Solange leva la tête, ses prunelles s'élargirent : elle contempla le soleil, avec simplicité.

— Vous avez regardé à côté!

— A côté!... Oh! votre mauvaise foi!...

— Recommençons.

Il regarda en dessous le soleil, puis, avec un air de dictateur photogénique, il planta ses yeux... En fait il ne planta rien du tout, car, à peine son regard avait-il atteint la zone enflammée, sa tête s'effondrait, les yeux pleins de larmes, les paupières crispées, comme celles de l'aurochs quand Ursus lui rompt le col.

— Ah! le chameau!

La chatoune se tourna tranquillement vers le zénith. Ses traits durcirent, ses prunelles devinrent si vastes qu'elles mangèrent la cornée presque toute. Et elle fixa le soleil.

Si Costals ne tomba pas à genoux, c'est qu'il était malgré tout, un peu, un civilisé. Et s'il ne lui dit pas à l'instant : « Je vous épouse », c'est qu'il gardait malgré tout une gouttelette de bon sens. Mais il dut employer de l'énergie pour ne pas le faire. L'épouser, il y était décidé. Un autre homme que lui pouvait-il être le maître de Celle-qui-fixe-le-Soleil? (Sûrement, il y avait un hiéroglyphe qui voulait dire cela : Celui, ou Celle, qui fixe le soleil.) Il l'avait crue une petite bourgeoise : mais non, elle était quelqu'un à sa taille, et même bien supérieure à lui. Elle l'avait montré par un signe souverain. Il la voyait sculptée dans le granit, assise, les mains sur ses genoux, avec une tête de chatte. Et lui, assis à son côté, les mains sur ses genoux, avec une tête de lion. Et ils mêlaient leurs queues. Et deux rayons du soleil, ébauchés dans la pierre, descendaient les toucher, lui et elle. Du Caire, ils emmèneraient avec eux un prêtre copte, et ils feraient bénir leur union sur les ruines d'Héliopolis. Pour son mariage, il donnerait à Alexandrie une grande fête publique, où il combattrait un lion. Hier, il s'agissait de n'avoir pas d'enfant. Maintenant tout était changé : ils auraient quatorze fils. Oui, dès l'instant où l'on passait sur le plan surhumain, toutes les valeurs étaient changées. Dès l'instant où elle fixait le soleil, l'œuvre littéraire de Costals rétrogradait au second plan; au premier était le règne. Car ce serait trop bête, si on ne trouvait pas quelque peuplade sur laquelle régner : puisque déjà, pour sa seule beauté, les enfants européens adoraient Solange, il y aurait bien un peuple-enfant pour l'adorer. Et la force qu'il tirerait d'elle serait assez grande pour qu'il pût mener de front le règne, l'œuvre, et les quatorze fils. Avant la scène du môle, Solange était une gêne pour son extravagance. A présent qu'il l'en savait digne, il la ferait participer à son extravagance; elle serait un des éléments de sa poésie. Avant, il ne lui trouvait pas de place dans sa vie. A présent elle en avait une. Une fois de plus, il se rendait compte que ce n'était pas tant le mariage qui l'avait arrêté, que la médiocrité présumée de Solange. Maintenant qu'elle avait fait la preuve qu'elle participait au surhumain, il pensait de ce mariage : « Ce serait folie de laisser passer ça. »

Costals n'avait pas bu plus d'un verre de vin dans la journée. Mais, rentré à l'hôtel, il était tellement ivre d'elle, ou plutôt de l'idée qu'il se faisait d'elle, c'est-à-dire, en définitive, tellement ivre de soi-même, qu'il n'hésita pas à se mettre une serviette humide sur la tête, tant il se sentait travailler de la couronne de lauriers. Comme le lecteur éprouve peut-être le besoin, lui aussi, de se mettre une serviette mouillée sur la tête, arrêtons-nous un instant.

Ils étaient à la fenêtre, après dîner.

Sur les collines suburbaines, des files de réverbères, bordant des avenues invisibles dans l'obscurité, faisaient à la ville un diadème de perles. Les maisons, pleines d'anges modestes jouant avec leurs petits paradis. Un pan de grève où pastaient[1] les écumes heureuses de la mer; parfois une d'elles se soulevait, comme un cheval qui encense montre à son cavalier son front taché de blanc. Les hauts lieux de silence au-dessus d'eux, et les étoiles, chacune avec son nom de dieu érotomane, les étoiles couchées, semblables à des taureaux dans une prairie; quelques-unes étaient à l'écart : ainsi un taureau à l'écart du troupeau, attendant qu'un jeune passant quitte la route pour l'attaquer. A gauche, la voie lactée avait l'air de s'élever d'une colline, comme la fumée d'un sacrifice qui s'éteint.

« J'aime les grandes villes », dit-il avec passion, rêvant à toute la matière humaine qu'il y avait là à corrompre. Et il sentait passer en lui, comme un courant électrique alterné, les trois *temps* de ses rapports avec le monde : 1° jouir de lui, 2° se protéger de lui, 3° se jouer de lui.

— J'aime une ville où je suis avec vous, dit-elle. J'aimerais aussi bien un trou de province, ou la campagne, ou le désert, si j'y étais avec vous.

Elle cherchait sans cesse son contact : cela était nouveau. Elle l'avait pris par la taille

1. « Faire des pattes », en parlant des chats, dans le langage méridional.

(geste qu'elle n'avait jamais fait), et elle avait posé sa tête sur sa poitrine. De la fenêtre ouverte, à l'étage au-dessous du leur, montait un parfum « capiteux » de femme. Elle lui baisa la main, la bouche, le front. Il rit. « Pourquoi riez-vous? » dit-elle, le visage un peu décontenancé et inquiet. Il ne répondit pas. Il riait de la voir si amoureuse, elle si froide jadis. Mais ce fut elle qui rit lorsque, ayant glissé sa main par des voies compliquées, il tira les poils qu'elle avait sur les reins.

Pour la première fois de sa vie, elle avait voulu quelque chose. Elle y avait engagé une volonté neuve, une force fraîche, disponible depuis vingt et un ans. Elle avait voulu que cet inconnu fût à elle pour toujours, et elle sentait qu'après toutes leurs tourmentes il était enfin prêt à l'être. Cette vie en commun depuis hier, comme cela était normal, naturel! A croire qu'elle n'avait jamais vécu autrement. Comme, déjà, son passé s'était refermé! Et à mesure qu'elle en prenait davantage conscience, elle était de plus en plus amoureuse, semblable à un torrent qui se gonfle toujours de plus en plus. C'était vraiment la pensée du mariage qui était le berceau de son amour, comme cette pensée était, ou avait été, le tombeau de l'amour pour Costals. Et elle pesait contre son homme, de toute la pesanteur originelle du sexe, lourde comme un arbre chargé de pluie, et murmurant une confuse prière :

« Mon Dieu, faites durer mon bonheur! Je n'en serai jamais lasse... »

— Regardez la lanterne de ce phare, dit-elle. Ne croirait-on pas qu'il y a dedans des personnes qui se suivent, éternellement, sans jamais se rejoindre? C'est ce qu'il ne faut pas faire, dans la vie...

En effet, dans la lanterne illuminée du phare, des ombres passaient, tournaient, toujours à une distance égale l'une de l'autre.

— Il y a aussi les vagues, qui se poursuivent entre elles sans se rattraper jamais, dit Costals. On peut rêver là-dessus, encore que je me méfie des métaphores à prétentions philosophiques. Que les métaphores restent des métaphores, et ne cherchent pas à passer pour des raisons.

Un long moment ils contemplèrent la ville nocturne, et cette république d'étoiles, puis il dit :

— Ces maisons déjà pleines de jeunes sommeils, elles me font mal. Elles me rappellent qu'il y a aussi ce que je n'ai pas. Aussi loin que mon regard peut atteindre, et bien au delà, sur tout le visage de la terre, mon peuple s'étend : j'appelle ainsi ceux à qui j'ai apporté quelque chose de vital, en tant qu'écrivain, et qui sont prêts à m'en savoir gré par un acte. Je n'en éprouve pas de joie, car je n'ai que faire de leurs actes : je sais que ce qu'ils sont prêts à m'offrir n'est jamais ce dont j'ai envie. Autant il y a d'étoiles dans mes yeux en cet instant où je vous parle, autant il y a de femmes inconnues qui m'en ont écrit des pages et des pages, où elles m'assuraient de leur reconnaissance, de leur admiration, de leur amitié, que sais-je? Mais si un soir je frappais à leur porte et leur disais : « Je suis celui dont le nom est vivant de l'autre côté de la terre, et néanmoins c'est en suppliant que j'ai frappé à votre porte. Je viens recevoir ma récompense pour ce que je vous ai donné. Vous qui m'avez dit un jour, avec une simplicité si fervente : " Je voudrais vous faire plaisir ", vous qui vous êtes oubliée jusqu'à me baiser la main, menez-moi maintenant à cette chambre où dort la chair de votre chair, et laissez-moi la connaître. Je ne lui ferai pas de mal, je ne la tournerai pas contre vous, je la couvrirai de mes biens, et elle fleurira sous mes biens; elle fleurira sous les biens de ma pluie et de mon été. La femme est la récompense du guerrier, mais les enfants des hommes sont la récompense du poète, et les mères qui ferment les yeux sont la rosée du genre humain », si je leur disais cela, je ne trouverais plus sans doute que visages clos et que bouches d'injures. Et cette pensée me fait mal. Mais plus encore peut-être me fait mal la pensée qu'il y a des mères qui seraient prêtes à m'offrir la chair de leur chair, pour l'amour de moi et de mon œuvre, et qui ne savent pas que c'est cela uniquement que je désire d'elles, alors que je rabats vers le sol, avec impatience, l'encens de leur louange et la fumée de leurs sacrifices.

— Dans votre prochain roman, vous devriez glisser un appel voilé dont le sens serait, si on le rédigeait en style d'annonce : « Mères désirant témoigner admiration M. Pierre Costals par preuves solides en le mettant en relation avec leurs filles sont priées se faire connaître. Très sérieux. Envoyer photographies. » Peut-être même voudrez-vous ajouter : « Marques reconnaissance M. Costals dépasseront toute attente. »

Le ton plaisant des paroles de Solange cachait mal l'âcreté qu'elle y mettait. Les gens qui ne connaissent rien du monde (ce dont ils se glorifient en se disant « stricts ») ont toujours un peu d'âcreté à l'égard de ceux qui ont une expérience humaine. Elle ne trouvait pas bon que Costals lui fît mesurer l'étendue de ses convoitises, au soir de cette journée où ils s'étaient rapprochés si sensiblement. A quoi il eût pu rétorquer que le Père Zeus, dans *L'Iliade*, ne montre pas plus de tact avec sa légitime, lorsque, l'invitant à partager son lit, il lui énumère toutes *les autres*, sous prétexte d'attester qu'il la préfère à elles; et il n'en énumère pas moins de sept, donnant à chacune un éloge convenable.

Cependant Costals répondait avec le plus grand sérieux :

— C'est une bonne idée, et, en me la donnant, vous avancez beaucoup vos affaires.

Oui, je lancerai un appel de cette sorte dans mon prochain livre. Comprendra qui pourra. Je suis las d'être aimé si mal, toujours stérilement et à côté, et triste et reprocheur comme un chien à qui son maître offre avec une insistance stupide un morceau de viande dont il ne veut pas, alors qu'il y a sur la table certaine crème à la vanille qui lui donnerait la parole, de joie.

— Si ma mémoire est bonne, le Minotaure avait besoin, chaque année, de sept garçons et de sept filles. Est-ce là votre ration?

— Je n'ai pas de ration. On dit beaucoup de choses contre la volupté. On dit qu'elle déçoit, — qu'elle rend triste, — qu'elle empêche de travailler, — qu'elle empêche d'être un homme tout à fait moral. Mais ce qu'on ne dit pas, et qui est saisissant, c'est qu'elle n'est jamais finie. Dans la jouissance on pensait : « Quel acquis je me crée! Avec cela je suis paré. » Mais non. Votre amie vous donne plaisir et bonheur, vous avez pour elle désir, tendresse et estime; en même temps vous chassez, et votre chasse vous apporte un jour sur trois quelqu'un de neuf; eh bien, si vous êtes soudainement privé de tout cela, c'est comme si vous n'aviez rien eu, vous êtes aussi affamé, aussi *vide* que si vous n'aviez rien eu. C'est le tonneau des Danaïdes. Durant la canicule, nous nous irritons que la science ne soit pas parvenue à capter un peu de cette chaleur excessive, pour la rendre à l'atmosphère durant le froid excessif de l'hiver. Le bonheur est comme l'été : il n'irradie pas. Rien à attendre de son souvenir pour les jours où nous aurons froid. — Il y a des sensations qui écrivent en lettres ineffaçables. Le bonheur écrit blanc.

Elle eut pitié de lui. Elle était — toujours — si contente quand elle trouvait un prétexte qui lui permît d'avoir pitié de lui. Et alors que, quelques minutes plus tôt, elle s'était sentie bien peu de chose dans sa vie, maintenant elle se croyait de nouveau indispensable, pour l'*empêcher d'avoir froid.*

— Cher Minotaure, laissez-moi croire que, si vous avez besoin de ce renouvellement continuel de chair fraîche, c'est la meilleure preuve qu'aucune des femmes que vous avez connues ne vous a satisfait parfaitement.

— C'est peut-être, au contraire, parce qu'une femme vous a satisfait parfaitement, qu'on éprouve un tel désir de recommencer cela avec une autre, — avec toutes les autres.

Ils revinrent dans la chambre de Solange. Seule était allumée la lumière rose de la lampe à la tête du lit. Nouveauté de cette lumière rose : il n'y avait pas de lumière rose avenue Henri-Martin; et cette lumière avait quelque chose de virginal. C'était la première fois aussi (« l'hostellerie » mise à part) qu'il voyait Solange dans une chambre qui n'avait pas servi à d'autres de ses femmes.

A brûle-pourpoint :

— Mais enfin, pourquoi voulez-vous m'épouser?

— Mais pour être heureuse!

Comme cela avait jailli! « Pour être heureuse. » O sage réponse! Il aimait toujours ceux qui parlaient, sans honte, de leur « volonté de bonheur ».

— Je voudrais tant que ça se fasse! dit-elle, avec ferveur.

Et lui, sincère, mais prudent :

— Et moi, je voudrais tant que vous fussiez heureuse!

Pourtant, depuis hier, — mais surtout depuis la scène sur le môle, — il commençait de se *penser deux* avec elle. Leur accord était complet, et sa confiance en elle très grande. De ce qu'elle disait, de ce qu'elle faisait, demeurait une impression de facilité, de familiarité, d'immense naturel; ils étaient de plain-pied; ils n'avaient qu'à laisser leurs âmes faire leurs émanations sans en rien les contraindre. Il semblait à Costals que déjà il avait pris l'habitude de concevoir l'avenir en fonction d'elle. Son exaltation de tout à l'heure tombée, il restait que c'était bien le mariage qu'au fond, maintenant, il *désirait*. Mais ce que — physiquement — il ne pouvait pas faire, c'était dire le mot qui le lierait.

— A Athènes, la fiancée consacrait à Artémis ses jouets de petite fille — votre lapin, — et une boucle coupée de ses cheveux. En Béotie, quand elle arrivait pour la première fois devant la maison de son époux, on brûlait une roue du char qui l'avait amenée, pour signifier que désormais elle ne pourrait plus quitter cette maison. A Rome, quand ils en étaient là, le jeune marié prenait sa femme dans ses bras et lui faisait franchir ainsi son seuil...

— Je me demande si vous êtes assez fort pour me soulever...

Il flaira la provocation ingénue qu'il y avait dans cette phrase, et ne l'aima pas. Il souleva Solange; elle se suspendit à son cou, colla sa bouche à la sienne. La portant, il traversa les salles de bains, mais, sur le seuil de sa propre chambre, sans y entrer, la posa à terre. Elle abaissa les coins de sa bouche, et ses paupières battirent.

Il proposa qu'ils terminassent la journée par une lecture en commun.

— Voulez-vous que nous lisions, par exemple, le *Journal* de Tolstoï, — « en nous attendant au bas des pages », comme il convient? Nous pourrions commencer à la page où il écrit : « Depuis cinquante ans, continûment, la femme baisse dans mon estime. » A moins que vous ne préfériez le passage qui débute par cette gracieuse citation de Gogol : « Seigneur, il y avait déjà dans le monde assez d'ordures de toutes espèces! Qu'aviez-vous besoin d'y ajouter la femme? »

Ces gentillesses eurent la conclusion que l'on devine : beaucoup de chatteries et d'enfantillages. Cependant, ce soir-là, il ne l'approcha pas, crainte de démolir, par une sensation qu'elle risquait de rendre médiocre, une journée si réussie; peut-être aussi afin de lui montrer qu'elle lui suffisait, sans cette sensation. Seul dans son lit, il se tournait en riant à demi et en murmurant : « Ma petite fille! » Il pensait : « A présent ce serait *un crime* que de la rejeter, et c'est déjà presque une mauvaise action que de la laisser dans l'incertitude comme je le fais. Oui, à présent, au point d'amour et d'espérance où je l'ai menée, c'est *un devoir* pour moi de l'épouser. »

Il se réveilla la nuit, et entendit des gouttes de pluie. Il se rappela que, lorsqu'il l'avait quittée, la fenêtre de sa chambre était entr'ouverte. Il craignit qu'elle ne prît froid, et se glissa en tapinois vers sa porte, — curieux, en outre, de savoir si elle ne l'aurait pas fermée à clef. Mais non; il entra. Il ne la regarda pas endormie : pouvait-on savoir? elle ne voulait pas être vue nue, elle ne voulait pas être vue en train de s'habiller, de prendre son bain, — peut-être serait-elle mécontente si elle apprenait qu'il l'avait vue endormie... Il remarqua seulement qu'elle était couchée en chien de fusil, et se promit de lui dire que cela n'était pas bon pour la *circulation*. Entre les reprises, à la salle de boxe, on lui disait : « Allongez bien vos jambes... »

Il ferma la fenêtre. En revenant, au passage, il baisa le bois du pied de son lit.

JOURNAL DE COSTALS

29 septembre. — Enchantement des chats fascistes, défi au soleil, nocturne à la fenêtre... Hier fut la journée des prodiges. Après ces deux journées radieuses, aujourd'hui c'est la prose. Cinq ans que je n'ai cohabité avec une femme! Réapprentissage.

Palazzo Rosso, Bianco, etc. Heureusement que je connais tout ça. Mieux vaut n'avoir pas vu du tout un musée, que de ne l'avoir vu qu'une fois en compagnie d'une femme, si elle n'est pas exceptionnelle. *Margaritas...*

Tout le temps inquiet à son propos. S'ennuie-t-elle? Me trouve-t-elle assez gentil avec elle? Cela l'a-t-il gênée que j'engueule le gardien? Ai-je dépensé suffisamment bêtement pour qu'elle estime que je *sais vivre?* Si elle me dit : « Ne vous occupez pas de moi », est-elle sincère ou le dit-elle par discrétion? (l'idéal de la femme étant d'être servie dans les petites choses, et de servir dans les grandes). Quand je rentre dans ma chambre, une heure avant dîner, ayant été en tête à tête avec elle sans répit depuis dix heures du matin, besoin physique de m'étendre, le cœur battant, croyant que j'ai la fièvre. Sentiment de déperdition nerveuse. Sentiment de dispersion. Sentiment que je ne tiens plus le gouvernail. Il y a trois quarts d'heure que je l'ai quittée, et les vibrations nerveuses, en moi, ne se sont pas encore éteintes. Mon écriture en est changée.

Et, toute la journée, dans ce pays où on est beau, les brûlures de ces visages que je rencontrais, tandis que j'étais agglutiné à elle. Naturellement, je n'en avais jamais tant vu! (Celle avec les nattes autour de sa tête, comme l'anneau autour de Saturne...) Oh! laisser perdre ainsi la nature! Si j'avais été seul! Triste comme un cheval qui sent que ses copains sont au pâturage, tandis que lui le mors lui meurtrit les babines. Un être vous prive du vaste monde, vous dérobe le monde, met un écran entre le monde et vous. Tout est bu par cet être; le splendide univers cesse d'exister.

(Écrit avant le coucher.) Ces trois journées, dont les deux premières ont été sans tache, et avec une fille qui a un caractère idéal, qui est la docilité et la discrétion mêmes, ces trois seules journées ont comme liquéfié ma personnalité. Ce soir, faisant ma toilette, vais d'un objet à l'autre sans trouver ce que je cherche, qui est sous mes yeux. La dilution de ma personnalité se voit jusque sur mon visage, comme délavé; mes paupières sont si lourdes que je peux à peine les soulever. Ampleur démesurée de mes réflexes. « Je ne m'appartiens pas! » soupirent les veules. Mais moi, justement, je veux m'appartenir sans cesse.

Titre pour un roman sur le mariage : *L'Homme qui a perdu son âme.*

Pendant les premiers temps de son mariage, Tolstoï se croit heureux. En fait il est hébété. Il a reçu un coup sur la tête.

Je suis un serpent qui a reçu un coup de matraque sur la tête. Il ne peut plus bouger.

30 septembre. — Le matin reste dans ma chambre, sous prétexte de correspondance à faire. Après-midi promenade dans vieux quartiers (Sottoripa, San Lorenzo, etc.). Conversation facile et gentille : ça va. Pourtant un mot d'elle m'a déçu à l'extrême. Comme elle continue de ne me poser jamais de questions sur ma vie, je l'en félicite. Et elle m'explique : « Si j'allais trouver dans votre vie, dans votre passé, des motifs de souffrance! J'aime mieux garder l'illusion que votre bonheur n'a commencé qu'avec moi... » Ainsi, ce que je jugeais exquise discrétion n'était que haine féminine pour la réalité! La confiance par l'ignorance, voilà qui est essentiellement féminin. Elles *élaguent* dans un homme, dans un auteur, tout ce qui leur déplaît, tout ce qui n'est pas conforme à leur « Rêve ». L'athée, pour elles, est censé « chercher », le dur est censé être un tendre, l'euphorique est censé être un inquiet, la crapule est censée être un honnête homme. Elles n'aiment pas des êtres réels, mais des fantômes ou des archétypes, et elles le savent. Et on s'étonne qu'elles soient maladroites! Et elles s'étonnent d'être, à la fin, « déçues »!

Après dîner, craignant qu'elle ne se sente abandonnée, suis venu lire Renan dans sa chambre, mon fauteuil à côté du sien, la main gauche dans son jarret, qui est moite comme une rigole où il y a eu de l'eau (cette façon de le lire eût enchanté Renan). Elle lit *La Femme*, de Michelet, rarrangeant toujours ses cheveux. Puis j'écris ceci, m'étant mis un peu en arrière d'elle, de façon qu'il me suffise de lever les yeux pour la voir. Fautes d'orthographe et mots sautés, à force d'absorption de ma personnalité par la sienne. Je suis envoûté par cette cohabitation, exilé du monde. En vain j'essaie de lire et d'écrire; ma tête est ailleurs. Elle est, de plus, à l'envers. — S... me « pompe », comme font les hystériques, qui se chargent de la force nerveuse dont ils ont vidé ceux qu'ils touchent.

Elle me demande : « Pas de nuages? Pas de malentendus? » Je la câline. Mais elle a dû lire sur mon visage.

Elle m'a dit une niaiserie : « Peut-être n'aimez-vous pas assez abondamment... » Pourquoi devrait-on aimer beaucoup d'êtres? Une poignée d'affections suffit. Quatre ou cinq êtres, qui sont les pilotis sur lesquels on a bâti son bungalow. Qu'au-dessous rôde et hurle la jungle, on est sur ses pilotis, en sécurité. Attachement à toute épreuve pour ceux du clan, tandis que pour les autres, hum... comme ces sauvages qui, tigres pour la société, ont un pacte fraternel avec une certaine espèce (enchanteurs de serpents, dompteurs d'éléphants, etc.). Mais pourquoi même une « poignée » d'affections? Moins encore : une seule affection suffit. Une seule affection, qu'on a, vous justifierait de vivre, si vivre avait besoin d'être justifié. Un seul être, qu'on aime toujours de plus en plus, dont on tire des musiques — de sa chair et de son âme — toujours de plus en plus profondes, comme le violon du maître, qui devient toujours meilleur à mesure qu'il en joue davantage. Et c'est pourquoi, au contraire de ce que croient ceux que je n'aime pas, et qui ne me jugent que sur mon non-amour pour eux, je suis quelqu'un de fidèle, d'absurdement fidèle; seulement c'est à ceux que j'aime, et non à ceux que je n'aime pas, que je suis absurdement fidèle. Ah! quand on aime, la fidélité n'est guère difficile. — Je voudrais lui dire tout cela, mais si je le lui dis ainsi dans le vague, elle sera convaincue qu'elle est de la « poignée » et, un jour, quel réveil! Et si je précise : « Il ne s'agit pas de vous », je la poignarde. Qu'elle continue donc de me croire « sans cœur ».

Entrant chez elle, plus tard, la trouve devant des cartes à jouer. « Vous interrogez les cartes pour savoir si je vous épouserai? » Elle rougit. « Pas du tout. Je fais une patience. » Mettons qu'elle ait dit vrai : l'avoir prise en flagrant délit de faire une « patience » me produit le même effet que si je l'avais surprise à se faire plaisir seule. Avoir apporté des cartes dans sa valise! Un degré plus bas encore, et nous en serons aux mots croisés.

La cohabitation avec une femme « aimée » virilise, par la nécessité où l'on est de composer sans cesse avec elle, de se tenir, de faire attention à soi et à elle. L'amour jaillissant fait place à un sentiment, d'ailleurs noble, où l'affection qu'on porte à un être ne ressortit plus qu'à la surveillance de soi-même. Mais quand cette femme n'est qu' « aimée » (en principe) et non aimée vraiment, et qu'en outre elle vous ennuie, un tel effort éreinte, surtout si on est habitué à ne se contraindre pour qui ni pour quoi que ce soit.

La vie à deux, dit-on, est un art. Sûrement. Un état où l'on a besoin d'une thérapeutique constante en vue d'oublier l'autre, en vue de se protéger de l'autre.

Moi, près de toi, je reprendrai ma solitude.

Géraldy.

Bon, mais, cela étant, la question se pose, irrésistible : dans ces conditions, à quoi bon la vie à deux?

Elle dépérit, se voûte, a le regard absent, si je ne l'ai pas serrée longuement dans mes bras. Aussitôt que je le fais, je vois sa physionomie se transfigurer : un jardin desséché, dans lequel on ouvre des conduites d'eau, — ou le chien qui pleurait parce qu'on le laissait trop longtemps seul. Elle se rappelle imperceptiblement à moi, comme fait une chatte pour qu'on la caresse, ou un chien pour qu'on joue avec lui. Je songe à ce chat siamois, que j'aimais bien, mais qui avait un tel besoin d'être caressé qu'il beuglait sans arrêt — trente miaulements rauques et déchirants à la minute — tant qu'il n'était pas sur les genoux de quelqu'un. A peine sur les genoux, et peloté, il se taisait. Comme je ne pouvais pas avoir un valet de chambre exprès pour caresser le chat, ou un appareil électrique spécialement conçu à cet usage... Solange, si je veux qu'elle ronronne, il faut sans cesse que je m'occupe d'elle : une cajolerie, un petit mot, une « attention »; qu'elle se sente sans cesse *soutenue*. Être le ballon d'oxygène de quelqu'un, c'est gai! Et sans doute, encore une fois, rester maître de mon travail tout en ayant pour elle un *enveloppement constant*, mener à bien ma tâche propre tout en confortant les autres, c'est chose virile. Mais cela m'épuise. Gênes! Ville symbolique. Oui, la pauvre petite, comme elle me *gêne!*

Laissez-moi vivre à la cime de moi-même. Laissez-moi me saouler la g... de l'exaltation que me donne cet accord plein et parfait entre ce que je suis et la vie que je mène.

Laissez-moi marcher sur les eaux. Mais non, elle brûle moins que moi, et moins vite. Elle n'est pas, elle ne sera jamais de cette famille des demi-fous et des demi-folles, dont je suis, et qui est la seule ambiance où je me meuve à l'aise. Je brûlais; elle m'éteint. Je marchais sur les eaux; elle se met à mon bras : j'enfonce.

Lord Byron : « Il est souvent plus facile de mourir pour une femme que de vivre avec elle. »

Lord Byron, à X... : « Il paraît que vous avez épousé une jolie femme. Hem... Est-ce que les soirées ne sont pas quelquefois un peu longues? »

Je ne fais pas son procès à elle, qui est sans reproche. Je ne fais pas même le procès de la vie en commun, liaison ou mariage. Je fais le procès de la charité, qui vous force à vous conduire avec un être comme si on l'aimait, alors qu'on ne l'aime pas (du moins : alors qu'on ne l'aime pas *à fond*).

1er *octobre.* — Nuit avec elle, agréable. Mais ce matin elle est triste. Femmes, éternelles Pénélopes, qui défont le jour ce qu'elles ont tissé la nuit. Évidemment, elle sent que sa présence ne me rend pas heureux. On dirait que nous avons l'un et l'autre l'*acedia* des personnes qui viennent d'entrer au couvent. Je me mets en quatre pour qu'elle ne soit pas malheureuse, et ce faisant je le suis, et elle l'est encore : c'est la morale de toutes les œuvres de pitié. Est-elle déçue aussi que je ne lui aie rien dit de positif, après ces deux premières journées où nous étions si proches du mariage? Se rend-elle compte que j'en suis au même point que le jour où je pris le train? Ses paroles étranges : « Maman veut absolument que je sois mariée avant le printemps. Il faudra que bientôt nous donnions réponse à un jeune ingénieur... » Suit toute une histoire où il y a un certain ingénieur qui l'aurait demandée. « Mais vous ne m'avez jamais parlé de cet ingénieur... » — « Je ne voulais pas vous ennuyer. »

Eh bien! qu'il l'épouse, et me débarrasse d'elle. Et, en même temps, cela me fait quelque chose, non pas dans mon amour-propre, mais dans ce que j'ai pour elle d'affection. Et puis, je doute d'elle, je me demande si cet ingénieur existe. Je crois que, si j'apprenais que c'est une invention pour me faire marcher (qui sait, peut-être une *combinazione* avec sa mère), je ne la reverrais de ma vie. Je suis ceci et cela, mais je ne suis pas quelqu'un qu'on fait marcher.

A cinq heures, comme je sortais faire une course, elle m'a prié de poster une lettre. C'était une lettre à sa mère. Le jeune docteur F... me racontait qu'il crochetait la boîte aux lettres de la maison de sa fiancée, pour y prendre les lettres à elle adressées. Comme je lui disais : « Vous êtes un beau salaud », il me répondit en riant : « Eh bien!

ça me fait une personnalité. » Je tenais cette lettre dans ma main, et je songeais que, si j'avais eu besoin de me « faire une personnalité » à la façon du docteur F..., peut-être que la situation, du coup, était éclaircie à jamais, et que moi j'étais délivré et guéri. Si j'avais lu : « Je lui ai parlé d'un soi-disant ingénieur... », je la priais de quitter Gênes ce soir même, et l'avenir était lavé. Il est troublant de constater que, si souvent, c'est une action vilaine que, raisonnablement, on devrait choisir de faire. Quand j'ai fui Paris, le geste était sans gloire, et cependant c'était celui qu'il fallait faire.

Ces lettres qu'elle écrit à sa mère, et qu'elle reçoit d'elle — elle ne correspond avec personne d'autre, à ma connaissance. Comme elle est seule! cela me touche... — je me doute bien qu'elles sont pleines de moi. Je n'aime pas cela. Il doit arriver d'Étretat des conseils, des instructions diplomatiques... Ces deux femmes qui patricotent... Que ma vie était pure quand j'étais loin du gynécée! Quand j'en tirais ce qui me plaisait, à mon heure, sans y entrer moi-même jamais! Et en dindonnant à longueur de journée les pères et les mères, au lieu d'avoir à compter avec eux.

Et pourtant, même si l'ingénieur est un mythe, ai-je le droit d'accuser? N'est-il pas naturel que, dans la situation où je la mets, elle cherche à hâter, forcer ma décision, fût-ce par une menterie? Si, apprenant la menterie, je lui avais fait reprendre le train, n'aurais-je pas été odieux?

C'est une horrible chose, de n'avoir pour un être que ce sentiment hybride, à mi-chemin entre l'amour et l'indifférence, qu'est la pitié. Sentiment qui fait qu'on ne jouit pas franchement de cet être, qu'il ne jouit pas franchement de vous (car il flaire la pitié, et qui donc a jamais aimé la pitié qu'on lui portait?), qu'on s'y ronge, qu'on s'y épuise, et tout cela en pure perte, parce que la fin de la pitié est toujours une explosion qui rejette les deux êtres pantelants et meurtris, chacun de son côté, là où il n'aurait jamais dû cesser d'être.

Règle : Ne pas avoir de pitié pour les gens qu'on n'aime pas (à peu près ce que me disait le père Dandillot).

Règle : Inutile d'être très gentil avec quelqu'un, si on ne l'aime pas extrêmement. Car il faut aimer quelqu'un extrêmement, pour être satisfait de lui avoir seulement fait plaisir.

Règle : Fais le bien, mais en blessant celui à qui tu le fais, de sorte qu'il t'en veuille. Ainsi seront contentés, du même coup, ton vice d'aimer être charitable, et ton vice d'aimer être haï.

2 octobre. — Veille de rentrée des classes. Dans chaque ville d'Europe, comme ici, tous les gosses avec le même paquet sous le bras : les souliers neufs qu'on vient de leur acheter. Brunet fait une scène, prétend que si on ne lui achète pas un foulard vert grenouille, il ne pourra pas bien travailler. Par exemple, il veut que ce soit la mère Bilboquet qui lui choisisse une cravate : « Vous, vous êtes une femme : vous vous y connaissez... » Il aime tant son foulard vert grenouille, qu'on ne peut pas le lui faire retirer à la maison : il prend ses repas avec. Il ne m'a pas écrit depuis le 25.

Quand il vivait avec moi, il m'embêtait bien, lui aussi. Mais ce n'était pas la même chose que Sol. Il faudrait des pages pour marquer les nuances. Ou peut-être ne faut-il qu'une ligne. Il me dérangeait de mon travail, parce que j'étais tout le temps occupé à l'aimer.

(Écrit le soir.) Journée interminable avec elle. Rien de grave : il y a simplement que nous n'avons rien à nous dire. Je m'imagine décidé à l'épouser, et monologuant : « Songer que nous allons n'avoir rien à nous dire pendant trente ans. Non seulement que cela ne fait que commencer, mais que cela n'est même pas commencé. » — « Vous êtes sombre. Qu'y a-t-il? » — « Vous le savez bien, c'est toujours la même chose. » — « L'avenir? » — « Oui, cette pensée qui me hante, d'être dépossédée. » — « Dépossédée de quoi? », insisté-je, tenant absolument à bien fouiller la plaie. — « De vous. » — « Ainsi donc, vous croyez me posséder? » Sans répondre, elle se presse contre moi : geste qui m'exaspère.

Son mot m'a glacé. Trois sens à cette idée de « me posséder ». Elle me possède-mainmise. Elle me possède, au sens argotique du mot : elle m'a *eu*, elle m'a roulé. Elle me possède-possession diabolique : le rêve où elle était couchée sur moi comme une empuse, et tout ce que je constate de sa façon de boire ma vie.

Plus tard, devant un train qui passe, elle soupire : « Il emporte combien d'espoirs déçus, de rêves irréalisés? » Une femme ne pensera jamais qu'un train qui passe emporte aussi des rêves réalisés. C'est que la mélancolie est le petit luxe des âmes pauvres. Dans l'Occident, dominé par les femmes, culte de la souffrance; dans l'Orient, où l'homme est le maître, culte de la sagesse. Mais moi, auprès de cette femme silencieuse et morne, je m'aigris, je roule des mots indignes de moi et indignes d'elle. Alors je lui prends le bras, je mets ma main sur la sienne. Toutes les fois que j'ai conscience de quelque chose d'irrémédiable entre nous, j'ai pour elle une petite caresse, destinée à lui faire croire que je l'aime toujours, comme si je sentais qu'elle m'avait deviné. Et je finis par prendre en horreur ces caresses-mensonges, qui déshonorent l'affection vraie, dont elles sont le simulacre, comme la charité déshonore l'amour. Mon Dieu! faites que je ne cède pas à tout ce qui monte en moi contre elle! Que je puisse tenir encore ces huit jours qui restent.

La vie à deux consiste presque essentiellement à attendre l'autre. Solange n'étant pas prête, Costals était descendu et s'était installé dans l'auto de louage qui devait les mener à San Cassiano. Le village de San Cassiano est un but d'excursions, c'est-à-dire un lieu sans aucun intérêt, puisque l'unique objectif des excursions est d'essayer de tuer le temps. Solange apparut enfin.

— Votre poudre est mal mise.

— C'est que je me suis dépêchée.

Il la regarda avec malignité. Uniquement parce que sa poudre était mal mise, parce qu'elle n'était pas à son avantage. Il voyait comment elle serait à cinquante ans : cette affreuse petite bourgeoise empâtée.

Ils roulèrent. Le ciel était bleu verdâtre comme le ventre de certains singes. Quelquefois dans la campagne s'ouvrait une échappée, on voyait le dur visage de la mer, et de cette étendue infinie, aveuglante d'azur et de soleil, émanait alors un froid de puits.

Solange ne disait mot, et, dans le couple, nul n'a le droit d'avoir l'air distrait ou absorbé, sans sentir l'inquiétude ou le blâme de l'autre. Comme toutes les fois où il ne savait que lui dire, Costals passa son bras sous le sien, et lui prit la main, par acquit de conscience. Elle se serra contre lui, toujours silencieuse, et il arrivait qu'il surprît son regard de muet reproche, avec son éternelle interrogation : « Pourquoi, pourquoi ne m'épousez-vous pas? Vous qui savez comme je vous aime. Vous qui feignez de m'aimer. » Mais bientôt, au moindre cahot de la voiture elle se mit à faire la grimace, à s'accrocher à la poignée de la porte. Costals ne souffrait pas de ces cahots, dont il n'aurait même pas eu conscience s'il avait été seul. Peu à peu il finit par les percevoir, et par en souffrir. Dans la vie à deux il y a endosmose. Si l'un s'ennuie, il force l'autre à s'ennuyer. Si l'un souffre d'une incommodité quelconque, il force l'autre à en souffrir.

Le trajet, qui dura une heure, fut ainsi gâché pour Costals. Puis on arriva à San Cassiano. Le village, rouge et blanc, reposait dans la naïveté du matin. De petits crapouillards, un peu pataudes, le nez canaille, pleins de finales évanescentes, jouaient à se persécuter l'un l'autre. Un homme dormait au soleil, couvert de mouches comme une blessure. Des chiens soucieux allaient vivement à des buts précis, des rendez-vous importants. Un autocar de touristes, dont les occupants venaient de visiter l'église, repartait. Une petite dame mûre à prétentions y tenait un petit chien sur ses genoux. Costals échangea avec le cabot, au passage, un coup d'œil extrêmement coquin.

— Vous avez fait de l'œil à cette vieille peau! dit Solange, d'une voix peu aimable.

— Pas du tout, j'ai fait de l'œil au chien. Oh! ce qu'il avait l'air affranchi!

Maintenant ils montaient vers l'église, Mlle Dandillot ne quittant pas des yeux les pointes de ses souliers (c'était bien la peine de visiter des « sites pittoresques »!), c'est-à-dire abîmée dans la marmelade hippogriffale. Ils entrèrent dans l'église.

Elle resta longtemps à genoux. « Vous avez demandé au dieu des chrétiens que je veuille bien vous épouser? » interrogea-t-il, comme ils sortaient. « J'ai dit simplement : « Mon Dieu, faites que je sois heureuse », répliqua-t-elle, sans fausse honte. — « Vous avez donc la foi? » — « Non, mais j'ai quelque chose... » Costals avait attendu une réponse de ce genre, et c'était pour la recevoir qu'il avait posé sa seconde question : pour qu'elle s'embourbât un peu plus.

L'enfer de devoir sans cesse compter avec un être, et qu'on n'aime pas. Un être qu'on aime, il est doux de compter avec lui; des instants qu'il vous fait perdre on se dit seulement : « Ce sont les détentes qui de toute façon étaient nécessaires. » Avant la guerre, Costals avait un berger allemand, et souvent le chien, le voyant sortir, l'accompagnait sans en être prié, puis lui témoignait avec peu de discrétion qu'il souhaitait qu'on s'employât à l'amuser. Durant deux cents mètres, Costals le faisait courir après des pierres, ou bien, posant comme donnée que le chien était un lion, et poussant à sa place des rugissements, il le domptait. Après deux cents mètres, comme il était sorti pour lire, voire pour travailler, il en avait assez. « Sacré vieux singe! ce coup-ci, c'est bien la dernière fois que je te lance ta pierre. » Devant les yeux suppliants du chien, et son irrésistible tristesse, cette « dernière fois » se répétait tant et tant. Et la promenade de Costals était perdue. Par bonheur, aux dieux, aux bêtes, aux gosses, aux primitifs et à Costals (cette énumération est une clef, sans en avoir l'air) peut être appliqué le mot d'Hésiode : « L'esprit de Zeus passe aisément d'une pensée à l'autre. » Il arrivait donc que le chien, changeant de caprice et soudain n' « aimant » plus Costals, laissât tomber le jeu et reprît seulet le chemin de la maison. Et Costals, délivré du démon de la charité, pouvait rouvrir son livre. — Marchant auprès de Solange, il se rappelait ces petites scènes. « Bien qu'il n'y paraisse guère, ça lui fait sans doute plaisir de sortir en ma compagnie. Chacun ses goûts. » Mais si, changeant d'idée avec une brusquerie canine, enfin ne l' « aimant » plus, elle fût revenue de son côté à l'auto, le laissant solitaire ne fût-ce que dix minutes, quel soupir il eût poussé!

Sur la route du retour, elle fut plus silencieuse encore et plus morose. Et ce silence continua, à Gênes, tandis qu'ils déjeunaient au restaurant, — entourés d'ailleurs de cinq ou six couples où personne ne desserrait les dents, que pour manger. « Nous sommes le Couple Éternel, où on passe son temps à se faire la tête. Et, quand on veut trouver le fond de l'abjection chez l'être humain, ce n'est jamais dans l'individu qu'il faut le chercher, si abject soit-il : c'est toujours dans le couple. » Cependant, vers la fin du repas, elle tenta d'amorcer la conversation, mais ce fut lui cette fois qui ne répondit pas. Il fut sur le point de demander en avance son dessert, de payer, et, la plantant là, de rentrer seul à l'hôtel. Pourtant, ils sortirent ensemble : et il frappait ses mollets de sa queue (étant entendu qu'il se croyait plus ou moins, depuis le « défi au soleil », quelque Krônos léontocéphale). Sans doute, à présent, avait-il gagné le droit de s'isoler pour quelques heures, mais il faudrait bien la revoir vers la fin de la journée. Le moment où il la retrouverait était pour lui une épreuve, et la perspective du désœuvrement de la jeune fille — qui créait le sien — un supplice.

Sitôt arrivés à l'hôtel, l'orage éclata.

— Et maintenant je vous prie de me dire, avec précision, pour quelle raison vous boudiez ce matin.

— Mais je ne boudais pas! C'est vous, au

contraire, qui ne vous abandonnez jamais tout à fait avec moi...

— Je vous connais trop pour m'abandonner bien avec vous. Je ne m'abandonne qu'avec des inconnus, et lorsqu'il y a danger à le faire.

— Vous avez confiance en des inconnus, et pas en moi?

— Je n'ai confiance en personne.

— Vous n'avez pas confiance en moi?

— J'ai confiance en ce que vous êtes. Je mentirais en disant que j'ai confiance en ce que vous pouvez devenir.

Elle haussa convulsivement les épaules.

— Vous croyez toujours que, quand je suis silencieuse, je boude. Et *Mademoiselle Silence*, vous l'avez oubliée? Je me sens toujours si bien quand on ne m'oblige pas à répondre... Ce que je voudrais, c'est être comprise sans avoir à m'expliquer... Mais enfin, est-ce que tout le monde, plus ou moins... Lorsque vous sortiez avec votre mère, est-ce qu'elle ne restait pas silencieuse quelquefois?

— Ne mêlez pas ma mère à tout cela, je vous en prie. Je n'ai jamais eu l'ombre d'une difficulté avec ma mère. J'étais toujours content avec elle, et elle était toujours contente avec moi. Alors, vous ne boudiez pas, ce matin? Vous n'avez pas prononcé vingt paroles en trois heures, et vous ne boudiez pas?

— Mais non. Je songeais à l'avenir... J'étais si heureuse d'être auprès de vous...

— Eh bien, n'importe qui, vous voyant, vous aurait prise pour une femme qui fait la tête. Si, quand vous êtes heureuse, vous êtes comme une femme qui fait la tête, c'est grave! Car, moi, j'ai mieux à faire qu'à passer une journée entière à me dire : « De quel pied s'est-elle levée? Qu'a-t-elle? Y a-t-il de ma faute? En quoi? Ou bien est-ce simplement qu'elle est heureuse? » Être suspendu à ce qui traverse une tête de femme! Mettons que ce soit de ma part un malentendu. Mettons que je sois impatient, coléreux, impossible, mais c'est un fait qu'il y a des dizaines d'hommes et de femmes avec lesquels je n'ai jamais d'accrochages. Et, avec vous, j'ai cet accrochage après une semaine de vie en commun. Si encore c'était après cinq ans de mariage! Non, croyez-le, un état dans lequel en s'aimant l'un l'autre on se fait du mal, cet état-là n'est pas sain. Car je vous aime, et cependant je me sens capable de vous faire du mal, bien que mon malheur veuille que je n'aie pas le courage de sauter le pas, et d'être méchant carrément avec vous.

— Si tout votre malheur vient de ne pouvoir être méchant avec moi, alors allez-y, délivrez-vous.

Avec une nervosité un peu égarée, elle marchait de long en large dans la pièce diaprée de taches de soleil, comme une bête sauvage parmi les taches de soleil de la jungle; et elle frappait ses mollets de sa queue. Oui, en vérité, il y avait en elle quelque chose de sauvage. Cette fille qui d'ordinaire vivait tous feux éteints. Son expression était dure, le sang injectait étrangement la cornée devenue sombre de ses yeux, ainsi que ses pommettes, où apparaissait une légère couperose; son nez luisait au milieu de son visage mat de poudre. Costals réalisa combien elle était devenue femme, combien il l'avait rendue femme, avec toutes ses manipulations : ah! elle avait été bien travaillée. Déjà, dès son premier jour ici, même quand elle était si tendre dans ses caresses, il avait remarqué qu'elle n'avait plus sa voix de lycéenne, cette voix venue d'une autre planète, sa voix lunaire d'autrefois. Son visage, son regard étaient plus acérés. Et l'énergie avec laquelle elle plantait ses épingles dans ses cheveux et peignait ses torsades épaisses, était lourde de menaces pour la liberté d'esprit des penseurs. Avant, c'était un petit artichaut. Maintenant c'était une femme. Sale histoire. Comme la mer, que le peureux qui embarque a été examiner à sept heures du matin, et elle était calme, mais à dix heures, quand il embarque, elle est agitée. Son dur visage de femme. Il avait peur d'elle. Peur de ce qu'elle commençait à devenir. Peur de ce qu'elle pourrait contre lui, s'il faisait la folie de s'enfermer avec elle dans la cage. Et comme il y avait en lui, toujours, à l'état dormant, quelque chose de féroce, qui n'attendait qu'une occasion pour s'éveiller, ce fut la peur qui éveilla cette férocité (le mécanisme est toujours le même, chez les fauves aussi bien que chez les hommes : la peur engendre la férocité, par laquelle on veut supprimer ce qui vous fait peur, et la férocité engendre la peur, — la peur des représailles). Et elle, marchant de long en large, vive et belle d'émotion, elle avait l'air d'une panthère encagée; mais lui, assis, replié sur lui-même, courbé en avant (ce qui donnait à son dos l'aspect d'une échine qui se hérisse), les yeux plissés, la bouche mauvaise, tout bandé par la méchanceté et la lâcheté, il évoquait irrésistiblement une hyène.

Elle dit encore :

— Si vous jugez que l'expérience est faite que vous ne pouvez pas vivre avec moi, il n'y a qu'à l'arrêter. Je n'ai qu'à repartir. Je ne vous ai pas imposé ma présence. C'est vous qui m'avez appelée...

— Il y a longtemps que j'attendais ce mot-là. Je vous ai appelée, oui. Et pourquoi est-ce que je vous ai appelée? Parce que je vous sentais malheureuse. Je n'avais nul besoin de vous; vous me dérangiez, au contraire. Je vous ai appelée par charité. Le démon de la charité, toujours, qui désorganise ma vie...

Mlle Dandillot tomba dans un fauteuil et se

mit à sangloter. Costals rejeta le buste en arrière, comme un boxeur qui vient d'étendre son adversaire. « Eh bien, ça y est enfin! Elle sait enfin ce que c'est que pleurer [1]! »

— C'est toujours la même chose. Je lutte contre la charité, puis j'y cède. Mais la charité est une arme à deux tranchants. Elle se retourne non seulement contre moi, mais contre celui à qui je l'ai faite, car la charité manque toujours son but : tout cela est automatique. Alors je souffre, c'est-à-dire que je deviens mauvais, car la souffrance chez moi n'est jamais passive, inerte, elle devient tout de suite offensive. La plupart de mes actions cruelles étaient le contrecoup de la charité. Avec des femmes. Avec des hommes. Cette femme que je vous ai fait voir dans mon studio du Port-Royal... Quantité d'autres... Toujours la charité ou la pitié à la source. La charité avait créé un désordre. La cruauté rétablissait l'ordre. D'ailleurs je ne sais pas pourquoi je dis « la charité »; c'est beaucoup plus large; c'est le bien même qui est en cause. Le bien, ça devrait être de vivre puissamment, sans s'occuper des autres. Votre chaleur les réchaufferait, et les mettrait en mouvement. Hélas! ce n'est pas cela. Cette horrible tenta-

1. Solange ne pleure jamais, n'a jamais pleuré. « Vous ne pouvez pas pleurer quand on vous regarde? Ou vous ne pouvez pas pleurer du tout? » lui demande le médecin. « Je ne peux pas pleurer du tout. » Cf. *Pitié pour les Femmes*.

tion du bien. J'ai beau faire, si souvent j'y succombe! C'est un vice. Et faire le bien me flanque par terre. Vous savez, les fusées qui s'élancent, puis, arrivées au sommet de leur montée merveilleuse, retombent, ou bien s'évanouissent, n'existent plus. Quelquefois aussi elles descendent dans la foule, et il y a des blessés. Et il n'y aurait eu ni cette retombée ou cet évanouissement sinistre, ni ces blessés, s'il n'y avait eu la montée merveilleuse. Je songe encore au chat fou qui, les yeux hors de la tête, grimpe d'un élan au haut de l'arbre. Mais là-haut il ne peut plus redescendre, il pleure, il faut qu'on monte le chercher. Moi aussi, quand j'ai fait le bien, ou seulement quand j'ai fait ce que le vulgaire appellerait « mon devoir », quand j'ai grimpé d'un élan au haut de l'arbre, me voilà bien attrapé, et qui pleure. Cette tristesse... Comme après l'acte de chair. Seulement, après l'acte de chair, c'est physiologique, c'est vite passé, d'ailleurs c'est exceptionnel, du moins chez moi; au contraire, on est si heureux; de toute façon, ça n'a aucune importance, et ceux qui en tirent argument contre la volupté sont des bêtas. Tandis que, le cafard après le bien, chez moi, c'est à tout coup, et ça dure, et ça a des raisons, du moins je le suppose. Peut-être de savoir que ce bien a été inutile : utile en apparence, et inutile au fond, et que j'ai été dupe. Ou de sentir que, là où un autre aurait la conscience joyeuse d'avoir fait le bien, moi, c'est du remords que j'en ai, et de se connaître si différent... Pourquoi éprouverais-je du plaisir à être si différent des autres, les fois où cette différence n'est pas une supériorité sur eux?

— Vous avez dit... le jour de la cuisine : « Je jouis du mal... mais... je... je crois que je jouis encore plus... du bien », hoqueta Solange, à travers ses larmes.

Il se mit à rire.

— Je vous ai dit cela parce que c'était le contraire de la vérité, pour agacer Dieu (ceci étant une façon de parler, puisque je ne crois pas en Dieu).

Un silence.

— J'ai eu une vie assez aventureuse. Sur deux cents batailles données, mettons que j'en ai perdu cent. Sur ces cent batailles perdues, j'en ai perdu cinquante par lâcheté : je rompais et fuyais, toutes voiles dehors. Pas par lâcheté seule. Je dédaigne trop l'opinion du monde pour ne pas aimer fuir; quelqu'un a dit de moi un très bon mot : « Il n'a de la décision que lorsqu'il s'agit de fiche le camp. » Les cinquante autres batailles perdues, je les ai perdues à cause de la minute d'hésitation. Une minute d'hésitation, et l'adversaire prenait le meilleur. Eh bien, ces cinquante batailles perdues par hésitation, l'hésitation venait toujours de la charité. J'avais pitié, et, pouvant porter le coup, je ne le portais pas. Résultat : c'est moi qui en recevais un.

— Moi, je vous ai porté beaucoup de coups?

— Oui, beaucoup, sans le savoir.

Solange sanglotait dans ses mains, le corps secoué de soubresauts. Ensuite, d'une main, elle froissait sa robe : une des coutures se déchira. Devait-il se taire? Toujours la pitié! D'ailleurs, il aimait sa colère contre elle, et particulièrement parce que ce jour-ci (nous l'avons vu) Solange n'était pas à son avantage. Achille, dans *L'Iliade,* dit de la colère qu'elle est « douce comme le miel ». Et celui qui ne s'est jamais senti, de la tête aux pieds, trembler de colère ou de haine, est un pauvre homme : il n'y a pas de mérite à être bon, si l'on n'a pas la force d'être méchant. Et puis, il n'avait jamais fait un geste de plus vers quelqu'un qui pleurait, parce qu'il pleurait. Même avec son fils. Horreur des larmes. Quand son fils était petit, il lui avait fait promettre de ne pas pleurer. (Et quelquefois, Brunet, cachant son visage dans les jupes de Mlle du Peyron : « Cachez-moi, parce que je vais pleurer et je ne veux pas que papa le voie. ») Un jour, à treize ans, ayant reçu de son père un billet de cinquante francs pour aller s'acheter de l'encre à stylo, à charge de rapporter la monnaie, Brunet était revenu avec le visage changé. « C'était le garçon du papetier, pas le patron. Il m'a volé quinze francs. Il manque quinze francs à la monnaie. Il a dit qu'il me les avait donnés. Ah! s'il y avait eu un agent! » Costals n'avait jamais surpris de friponnerie chez son fils. Mais la disparition des quinze francs lui parut suspecte. « C'est embêtant parce que, du garçon papetier ou de toi, je ne sais pas lequel ment. » Dix secondes passèrent après cette parole, pendant lesquelles Costals ne dit que des phrases banales sur l'ennui de perdre quinze francs, et après ces dix secondes le visage de son fils rougit, sa bouche se boursoufla, il eut l'air d'une grenouille: il pleurait. « Pourquoi est-ce que tu pleures? » — « Parce que tu as dit que c'était moi qui les avais pris. » Sur quoi il avait cru que Philippe était sincère, mais il ne l'avait pas embrassé, ni consolé, ni rien. Il l'avait laissé pleurer, ne prononçant toujours que des phrases vagues et banales. Lorsque les larmes du garçon furent séchées, alors seulement : « Tu sais, je crois ce que tu me dis. » Et dix secondes encore avaient passé, et, ces dix secondes passées, l'enfant avait repris son air de grenouille, et s'était remis à pleurer. « Tu n'as plus de raison de pleurer. Pourquoi est-ce que tu pleures? » Il n'avait pas répondu, mais avait poussé un grand soupir, puis s'était rapproché de son père — tous deux étaient assis sur un canapé, — et avait appuyé sa joue contre la sienne. Et Costals, convaincu de la double peine de Brunet, pour avoir été volé et pour avoir été soupçonné, témoin aussi de son extrême sensibilité, puisque c'était l'assurance d'avoir été cru qui avait fait refluer ses larmes, Costals, son visage au contact de celui de son fils (qui était frais comme le corps d'une ablette), avait encore résisté à son désir de l'embrasser et de le câliner. Il lui avait touché seulement la main, et ensuite ils avaient parlé d'autre chose. Tout cela parce qu'il voulait dresser les êtres à savoir que jamais leurs larmes n'obtiendraient un relâchement de lui. (En fait, les larmes de Brunet n'avaient pas été inutiles, puisque c'était par elles qu'il avait prouvé sa sincérité. Mais c'est là une tout autre chose.)

Costals reprit :

— J'ai commencé à avoir pitié de vous le jour où j'ai eu conscience que je ne vous aimais pas assez. C'est-à-dire dès le début. Ah! si je vous aimais! Si j'avais pu vous faire sortir de l'enfer de la charité pour vous faire entrer dans le paradis de l'amour! Tout deviendrait si merveilleusement simple! Je sais ce que c'est qu'aimer : il y a trois mois que vous seriez ma femme. Mais je ne vous aime pas. Je veux dire que je ne vous aime pas à fond. Et il y a un abîme entre aimer à fond, et aimer autrement qu'à fond. Aimer autrement qu'à fond, c'est ne pas aimer. Ma vie est ailleurs. Ma vie est là où vous n'êtes pas. Vous avez été un malentendu...

Mlle Dandillot se dressa, frémissante, avec la force de la boule du billard russe, quand elle frémit au moment de tomber dans le trou, et se jeta vers la porte. Il la rattrapa, la prit par les bras, la força à se rasseoir, mit un genou en terre à ses pieds. Il la berçait, elle pleurait contre sa poitrine, il baisait ses paupières tristement. Tristement, parce qu'il savait que la bercer ne changeait rien à cette situation qu'il venait de décrire, et encore une fois il avait horreur de ces cajoleries et de ces caresses par lesquelles on essaie de masquer un mal irrémédiable, il luttait contre les lieux communs qui lui traversaient la tête : « Vous frapper d'une main et vous guérir de l'autre, etc. », il luttait contre ce mouvement vulgaire des couples, selon lequel une « scène » ne peut finir que par le divan. Il ne parlait pas, il avait l'honnêteté de ne rien lui dire : qu'aurait-il pu dire qui la consolât? Il eût fallu rétracter ses dernières paroles, et cela, l'en eût-elle supplié, il ne l'eût pas fait. « Le goût de la sincérité, sorte de passion trouble et qui autorise tous les crimes [1]. » Elle cessa enfin de pleurer, elle le baisa au visage, elle baisa la paume de sa main, même elle baisa son avant-bras velu. Ces deux derniers gestes, que jamais elle n'avait eus, parurent à Costals chose fort extraordinaire, et fort peu à son goût. La bouche dans ces poils, surtout. Clair qu'il fallait que les femmes ne fussent pas comme tout le monde, pour avoir plaisir à toucher un homme « fait ». (Peut-être après

1. Jean Cassou.

tout étaient-elles là dans le génie de leur sexe. Mais enfin, un homme, dix-huit ans passés, ce n'était pas ragoûtant.)

Et puis, toujours des gestes, là où il eût fallu des mots! Cependant, les mots vinrent :

— Moi qui cherche à tout faire pour vous rendre heureux! Mais vous savez bien que je suis restée une petite fille. Je ne suis jamais sortie de l'ombre de mes parents, je n'ai pas eu d'amis : comment voulez-vous que je ne sois pas maladroite dans mes rapports avec les gens, et surtout avec un homme comme vous? Il faut que je m'accoutume à vous. Tout cela est une question d'adaptation. Vous dites qu'il est plus grave qu'il y ait entre nous ces heurts avant le mariage, que cinq ans après. C'est cinq ans après que ce serait plus grave. Un jour viendra où l'habitude...

— Mais je compte bien que vivre ne deviendra jamais pour moi une habitude.

— Nous sommes en ce moment dans des conditions qui ne sont pas normales. Vous croyez devoir vous occuper de moi toute la journée; dans une vie normale nous ne nous verrions que quelques heures par jour. S'il ne tenait qu'à moi, en ce moment même vous auriez la plus grande liberté. Croyez-vous que, depuis quinze ans, je n'aie pas appris à m'occuper et à me distraire seule?

Il la câlinait toujours. Il lissa son front pour le dénouer; elle dit : « Est-ce que j'ai des rides? » Il plaisantait un peu : « Ne vous avais-je pas prévenue, par écrit, que je me réservais le droit de vous rendre malheureuse un jour sur quinze? » Désignant les petites taches qu'avaient faites ses larmes, en tombant sur une de ses manches, il lui demandait si les détacheurs ordinaires sont efficaces contre les traces de larmes, à moins qu'elle ne voulût les y laisser, comme souvenir, et que son « ensemble » ne prît dorénavant, dans le langage de la mode, le nom de « Fontaines d'Italie » ou de « La première fois que j'ai pleuré ».

— Je vous ai dit tout à l'heure : « Je n'ai confiance en personne. » Vous vous souvenez?

— Si je me souviens!

— Eh bien, ce n'était pas vrai. Je vous ai dit ça pour mentir. Je *veux* avoir confiance, comme les chrétiens prétendent qu'il faut dire : « Je veux croire. »

— Moi, j'*ai* confiance.

— Et vous étiez là qui marchiez dans la chambre comme une petite fauve... une fauvette...

Elle sourit, et il fut assez vache pour trouver qu'elle se consolait vraiment très vite...

— Vous qui faites toujours des calembours si exécrables, pour une fois celui-ci est gentil... Et vous avez peur d'une fauvette?

— Eh oui, diable! Une fauvette qui vous picorerait le crâne, seconde par seconde, au même endroit, pendant douze heures, vous tuerait.

Cependant il ne pouvait pas aller au bout de son élan, la serrer franchement contre lui, parce que, sa colère ayant éclaté aussitôt rentré, avant qu'il n'eût changé de chemise (qui était de la sorte dite « chemise Lacoste », et qu'il portait sans veston), et la journée étant extrêmement humide, la sueur avait traversé sous les aisselles : il craignait que Solange n'en perçût l'odeur, s'il la rapprochait trop de lui. Cette crainte modifia l'aspect de toute leur réconciliation, lui donna quelque chose d'étriqué et d'un peu froid, dont Solange souffrit : elle aurait tant voulu se blottir dans ses bras! De son côté, elle était gênée par ses yeux rouges et son visage congestionné, malgré la poudre vite remise. L'un et l'autre hésitèrent à reconnaître que, s'ils voulaient mener à bien une scène qui pût faire figure dans leurs annales sentimentales, il leur fallait auparavant passer à côté pour se bichonner.

Il lui dit :

— Je vous ai deux fois rendue femme : le jour où je vous ai prise, et le jour où je vous ai fait pleurer. Maintenant j'ai vraiment imprimé mon sceau sur vous. Je vous demande néanmoins de me pardonner de vous avoir fait pleurer.

Elle dit, avec un grand sérieux :

— Oui, je vous pardonne.

Il s'en fut dans sa chambre, et, après un instant, alluma une cigarette. Après un autre instant, elle frappa à la porte; il jeta sa cigarette par la fenêtre : non, pas d'air désinvolte! Elle lui dit :

— Je viens de faire un point à ma robe : la couture s'était défaite. Pendant que j'ai une aiguille enfilée, il n'y aurait pas dans vos habits quelque chose à recoudre?

Il vit qu'elle, à son tour, elle voulait se faire pardonner, et se faire pardonner en se rendant utile : utile matériellement, puisqu'elle ne parvenait pas à se rendre utile moralement. Il en fut mi-touché, mi-gêné. Gêné plutôt.

— Non, je vous remercie. D'ailleurs, il y a la femme de chambre de l'étage...

On prétend que les querelles entre amants ressoudent l'amour. En réalité, elles créent des fêlures que rien ne ressoude. Quand on cherche dans son passé, on trouve (un nerveux surtout) que, les êtres qu'on a profondément aimés, ce sont ceux avec qui l'on n'a *jamais* eu un accrochage. Et il y en a : ce miracle existe.

Les cinq jours qui suivirent passèrent cahin-caha, en promenades dans la ville ou sur le bord de la mer, en excursions. Solange était de plus en plus sûre que rien de positif ne naîtrait de son séjour; elle sentait l'homme contraint et fuyant, avec un parfum d'absence; elle faisait sa vilaine tête des « à quoi bon? ». « C'était trop beau pour durer », soupira-t-elle une fois, après un long mutisme; ce qui lui attira une verte réplique : « Qu'est-ce que c'est que cette expression? Moi, quand quelque chose va très bien, je me dis : " C'est trop beau pour ne pas durer ". Et ça dure. » Costals songeait que, ce qu'elle aurait dû dire, lorsqu'il la caressait après ses larmes, c'était : « Eh bien, puisque vous ne m'aimez pas, puisque vous me l'avez avoué, Dieu sait avec quelle force, je renonce à cette pensée de mariage. » Mais, cela, elle ne l'avait pas dit. Elle accepterait tout. Elle était collée à lui comme une ventouse, et elle ne se décollerait que le jour où il l'arracherait et la jetterait, quitte à la briser. Ce qu'elle aimait, ce n'était pas lui, c'était le mariage; ou c'était, sans plus, la victoire de son entêtement. Il voulut en avoir le cœur net.

— Vous croyez encore, après ce que je vous ai dit l'autre jour, que ce mariage doit se faire?

Elle baissa les paupières avant de répondre, avec un air un peu grande sœur, très fille-du-monde, qui signifiait : « Mais voyons, c'est une question qui ne se pose pas », et elle dit :

— Bien entendu. Tout cela s'arrangera avec le temps.

Comment, du moins, n'avait-elle pas songé à avancer son départ, fût-ce, si elle voulait éviter les explications, en prétendant que sa mère la rappelait pour une raison ou l'autre? Mais non. Loin de là, certaine phrase d'elle : « Venise doit être magnifique, en automne. Est-ce que c'est très difficile d'y aller, d'ici? » lui montra sans doute possible qu'elle souhaitait qu'il l'emmenât à Venise. « Je lui donne à demi, et donner à demi est inutile : il faut donner tout, ou rien. Je me tracasse extrêmement pour elle, mais en son for intérieur elle me reproche de l'avoir fait venir pour la laisser moisir dans une ville un peu banale comme Gênes. Une ville où on n'entend pas chanter *Sole mio,* fi donc! Elle m'empoisonne ma vie, sans y gagner d'être satisfaite : nous connaissons cela. L'emmener à Venise! Plutôt! Pour qu'elle m'en gâche les souvenirs exquis, du temps où j'y étais avec une femme que j'aimais *à fond,* et les souvenirs purs, du temps où j'y étais seul. Elle est malheureuse ici, et elle voit que je suis malheureux par son fait : alors, pourquoi reste-t-elle? Parce que son séjour lui est payé, et que Gênes est malgré tout un peu mieux qu'Étretat? » (Selon Costals, tel qui fait quelque chose dont il n'a pas grande envie, pour la seule raison qu'il peut le faire gratis, est jugé.) Il lui demanda plusieurs fois, d'un ton presque de reproche : « Ainsi donc, malgré cette scène, vous continuez de m'aimer? » Elle lui répondait par un bon regard. Il en était déçu. Ah! si elle avait pu se détacher de lui!

Il était déjà si bien mithridatisé par l'habitude que, lorsqu'elle se promenait à demi nue par l'appartement, il ne levait même plus les yeux pour la regarder, elle si jolie, si faite pour jouer les « Miss France ». N'importe quelle inconnue, quelconque, plutôt que le plus beau corps du monde, mais qu'on a chaque nuit! Avec cela, par moments, le caprice lui venait d'avoir envie d'elle, il tournait autour d'elle comme un épervier au-dessus d'une poule; ridicule sans doute, mais pas plus qu'un chien ou un chat qui désire, et les pauvrets alors ne se gênent pas pour l'être. Elle était longue à comprendre ce qu'il voulait. Ce rabâchage de caresses, et qui n'étaient gagées par rien, cette visqueuse marmelade sentimentalo-sexuelle, quel dégoût!

Au cours d'un de leurs entretiens, elle lui dit :

— Je vous admire d'avoir une morale à vous, aussi peu conformiste, et de rester avec elle un honnête homme. Mais je crois que vous ferez bien de la garder pour vous, parce que, si elle tombait dans certaines oreilles... Il est heureux que vous n'ayez pas de fils...

Costals sentit qu'il pâlissait, et en fut impressionné. L'œuvre de dissimulation ou de contrefaçon qu'il exerçait sur lui-même pouvait donc être ruinée en une seconde, et par qui!... Une misérable puceronne avait le pouvoir de l'ouvrir, comme on ouvre une boîte.

— Et pourquoi est-il heureux que je n'aie pas de fils? demanda-t-il, la voix déjà changée.

— Parce que, s'il entendait dans votre bouche toutes ces théories...

Il lui jeta un regard de haine. Ah! elle serait

donc contre lui, devant son fils, si jamais...

— Si j'avais un fils, — je chercherais passionnément à le faire devenir semblable — à moi, envers et contre tous. (Sa voix était saccadée, avec des ratés comme un moteur.) Et sa morale serait ma morale à moi, — envers et contre tous. Et ça ferait un fils bien. Un miracle? Mais, moi, je vis dans l'attente du miracle. J'attends toujours un miracle pour dans la journée. Je l'attends, je le provoque pendant des semaines. Pendant des mois. Il y a eu des époques où je l'ai attendu et provoqué pendant des années. Mais le miracle vient toujours. Et je le vois, sur le moment même — ça, c'est mon don, — je le vois comme on put voir Dieu quand il apparut dans le buisson enflammé. Il arrive que je me lasse de ce miracle. Alors j'en attends un autre. Pendant des semaines. Pendant des mois. Vous vous dites que ça doit être toujours la même chose. Moi, il y a quinze ans que je fais ça, et je n'en ai pas encore marre. Je n'en aurai jamais marre. Je claquerai là-dedans. Je claquerai en rendant le miracle par la bouche, comme les bouffeurs de feu, dans les fêtes foraines, qui soufflent le feu. — Maintenant parlons d'autre chose. Vous et moi nous sommes fatigués de ce sujet.

Une heure plus tard, regardant sa montre, il s'aperçut qu'elle s'était arrêtée, il y avait une heure. Il pensa que c'était la violence de sa rage, quand Solange lui avait dit : « Heureusement que vous n'avez pas de fils », qui, influant sur le mécanisme par le contact corporel, l'avait détraqué. Le fait lui était arrivé plusieurs fois.

Les deux jours qui précédèrent le départ de Solange furent pour Costals assez légers. La perte nerveuse qu'elle lui avait fait subir était telle que tout en lui se passait dans un grand vague, peuplé de larves. En Algérie, on lui avait parlé de certain Arabe fumeur de kif qui, lorsqu'il était au dernier degré de l'abrutissement, avait coutume de répéter (simple sensation personnelle, ou bien dicton?) : « Dans la tête du fumeur de kif, un petit oiseau casse du bois sec. » Dans la tête de Costals, un petit oiseau cassait du bois sec. Mais où donc s'en était allée la force qu'elle lui avait fait perdre? Quand il y songeait, un sourire bizarre montait dans ses yeux, comme s'il avait su où était allée cette force.

La dernière nuit qu'ils passaient ensemble, une nuit de tempête, il l'avait caressée à l'extrême, puis avait regagné sa chambre, lorsqu'une idée lui vint, qu'il fut stupéfait de n'avoir pas encore eue. Il lui avait demandé une « promesse solennelle » de ne pas s'opposer au divorce, s'il l'épousait. Mais il ne lui avait pas demandé de promesse solennelle concernant ce que la langue française appelle, avec une pudeur sibylline, la « suppression de part ». On sait combien il était monté sur ce sujet (des quatorze fils il n'était plus question). Cet oubli le confondit et l'épouvanta. Il ne put soutenir l'incertitude une demi-heure de plus (le temps de s'endormir) : il se leva et retourna dans la chambre de Solange.

Elle dormait. Il s'étendit à côté d'elle, au-dessus du drap, sans allumer l'électricité. Il entendait une sorte de grincement, peu gracieux, que faisaient l'une contre l'autre ses molaires. Il entendait les cris des vapeurs dans le port secoué par le gros temps, leurs cris affreux quand ils allaient à la dérive, leurs cris qu'ils jetaient comme des bêtes, comme des hommes. Il n'avait nul désir de la toucher, ni seulement de la voir dans son sommeil, alors qu'il y en avait tant d'autres qu'il avait sans fin regardées dormir, pleines de froncements de sourcils, ou de soupirs, comme les chiens rêvants, ou bien la bouche entr'ouverte, avec un fil de salive tendu d'une lèvre à l'autre.

— Solange!

Pas de réponse.

Il imagina qu'elle était morte. Oh! quelle aurore! Il se rappela cette nuit où, veillant sa mère morte, recru de fatigue, il avait fini par s'étendre à côté du cadavre, au-dessus du drap, comme aujourd'hui.

— Solange!

— C'est vous?

— Réveillez-vous.

— Qu'est-ce qu'il y a?

— J'ai quelque chose d'important à vous dire. Êtes-vous bien éveillée?

— Oui.

— Je vous ai demandé dans le temps une promesse solennelle. Je vous demande une autre promesse solennelle. J'insiste sur le mot « solennelle », parce que, une promesse simple... Moi, par exemple, quand je donne ma promesse... L'ayant « donnée », comment pourrais-je la « tenir »? Tandis que, une promesse solennelle, c'est autre chose.

— Que voulez-vous que je vous promette?

— Si je vous épousais, et si vous deveniez enceinte, feriez-vous le nécessaire pour n'avoir pas d'enfant?

— Oui.

— Un avortement est toujours dangereux. Si on laissait l'enfant naître, est-ce que, ensuite, vous feriez le nécessaire pour qu'il ne vive pas?

L'éclair apparut dans la chambre, une pensée aveuglante du ciel : la nature elle aussi, quand elle est en colère, a des pensées infinies. Et il y eut un grand bruit vaste et long, un bruit comme dut être le bruit que fit la mer, quand elle se referma sur les troupes de Pharaon. « Pharaon! Pharaon!

songeait Costals. L'endurcissement de Pharaon... Mais c'est Jéhovah qui l'endurcit, et le punit ensuite de son endurcissement. Alors, Jéhovah ou Pharaon, lequel des deux s'est conduit comme un salaud? » Et son âme appelait toujours dans la nuit, avec amour : « Pharaon! Pharaon! »

Quand la transe fut finie, et le silence revenu, il lui dit :

— Vous vous rappelez ce que je vous demandais, avant le coup de tonnerre?

— Oui.

— Quelle est votre réponse?

— « Oui. »

— Votre réponse est : « Oui »?

— Oui.

— C'est une promesse solennelle?

— Oui.

« J'étais bien naïf quand je pensais : " Dans quel univers ai-je entraîné cette petite fille! " Pardieu, cet univers, il y a beau temps qu'elle y est. » Il eut vers elle un mouvement de sympathie : oui, ils pourraient s'entendre... « J'aime ce monde sinistre où nous vivons : on colle bien ensemble. Moi, les innocents, ce n'est pas mon rayon. » Il posa la main sur le genou de la vivante, par-dessus le drap.

— Ne te défie pas de moi, murmura-t-il.

— Je ne me défierai jamais de vous.

C'était la première fois qu'il la tutoyait, depuis le jour lointain où, après leurs premiers baisers, il avait hasardé quelques *tu*, qu'elle avait arrêtés promptement avec son : « Je ne sais pas dire *tu.* » Soi-disant jeune fille, et femme. Soi-disant bien élevée, et voyageant avec un amant. Soi-disant catholique, et acceptant de se passer de l'Église pour son mariage. Soi-disant honnête, et prête à tuer. Or, c'est cela que l'homme aime chez la femme. Mme X... ne lui « dit » rien. Mais la voici qui vole, qui tue : il se met à la désirer. Dix minutes plus tôt, Costals n'avait que répugnance à toucher le corps étendu à son côté : sursaturé de la chair. Soudain il se glisse sous le drap, et la couvre. Il étreint la tueuse d'enfant.

Le lendemain, Solange partait. De la fatigue de Costals on aura une preuve extraordinaire. Comme il pleuvait toujours, ils restèrent dans sa chambre, et, après un moment, d'un commun accord, chacun d'eux prit un livre. Les yeux de Costals se fermaient... Il relisait, sans en avoir conscience, les pages qu'il avait lues la veille... Soudain, avec un sursaut, il vit, près de lui, le sourire amusé de Solange.

— Eh bien, ça va mieux? demandait-elle.

— Comment?

— Oui, le petit somme réparateur...

— Est-ce que j'ai dormi?

— Vous avez dormi pendant vingt-cinq minutes exactement.

Il ne dormait jamais dans la journée. Jamais. Pas même à la Bibliothèque Nationale. Pour qui me prenez-vous! Il n'avait fait cela qu'à la guerre. Et voilà donc à quoi elle l'avait mené! Lui, dans la force de l'âge et de la santé, lui, toujours aux aguets, si vif sur le point de ne pas perdre son temps, lui, il avait dormi dans un fauteuil, à quatre heures de l'après-midi, comme un vieillard cacochyme. Son humiliation, il la retourna contre elle. Cette chaleur revenue qu'il avait pour elle, depuis deux jours, se dissipa en un instant, comme la chaleur d'une pièce dont on ouvre la fenêtre, en hiver. Ah! si elle avait compris, elle n'eût pas eu son sourire amusé! Les petites victoires se paient cher.

Mais Costals devait ignorer toujours que, le lendemain, Solange, épuisée à son tour par la tension nerveuse de cette quinzaine, allait s'étendre toute vêtue sur le lit où Mme Dandillot s'était mise après déjeuner pour faire la sieste, et là, s'endormir elle aussi, en chien de fusil, pelotonnée contre sa mère, qui n'osait plus descendre crainte de la réveiller.

A sept heures du soir, Solange partie, il quitta la gare, revint à l'hôtel, et mangea. C'était la première fois, depuis quinze jours, qu'il mangeait à sa faim. Car auprès de Solange, à table, il était préoccupé de savoir quoi dire, ce qu'elle pensait, si elle s'ennuyait, comment on tuerait le temps cet après-midi, etc., et ne pouvait pas manger à sa faim. Ensuite, tout juste déshabillé, il s'en fut à la dérive dans un sommeil opaque comme du vin (du vin tel qu'il l'aimait).

Il dormit jusqu'à deux heures de l'après-midi, du lendemain. Et de trois heures jusqu'au soir il resta étendu sur le lit, les yeux fermés, essayant de récupérer sa force, de faire revenir en lui son âme, que la femme avait bue.

Et le lendemain, au réveil, sans même se laver, il se fit reconduire à sa garçonnière. Et il était oppressé, de sa création qui tapait à l'intérieur de lui pour sortir, car sa force était revenue. Il était de nouveau lui-même. Il était de nouveau un homme.

Et à peine fut-il arrivé, sans ouvrir ses valises ni rien, il prit sur les tables les brouillons, les dossiers, les carnets de notes, et il étala tout par terre à travers la pièce. Et il dit : « Maintenant, je vais en jeter un sacré coup! »

Et la pièce du travail était la plus petite des pièces, pour que l'exiguïté concentrât la pensée, la renvoyât vers vous, pour qu'on s'y sentît bien coincé. Et elle était dans un désordre digne des dieux.

Et il tomba la veste, le gilet, la chemise, qu'il jeta eux aussi par terre, resta en gilet cellular. Et il tomba les souliers, resta en chaussettes. Et il se dépeigna, des cinq doigts. Et ainsi, ni lavé ni rasé, il s'assit à sa table. Et il se gonfla d'air, à bloc, comme le grand loup noir des *Trois petits cochons*. Et il avait peut-être l'air de ceci et de cela, mais sûrement il avait l'air d'une brute; et il en était une. Et il poussa son cri de guerre, son « Montjoye et Saint Denis! » : il dit à voix forte : « Je les enc... tous!... » (La création romanesque n'est-elle pas un viol de la nature?) Et il se pencha sur la feuille blanche. Et il rentra dans son œuvre, avec toute sa faim. Et il rentra dans sa probité.

Et la première phrase apparut, sûre de son élan, de sa courbe et de son but, heureuse de sa longueur promise, avec les anneaux coruscants de ses *qui* et de ses *que*, avec ses parenthèses, ses fautes de grammaire (voulues), ses virgules et ses points et virgules (il la scandait tout haut : « virgule... point et virgule... » : c'était la respiration du texte; si le texte n'avait pas bien respiré, il eût crevé, comme un vivant); apparut, enroula, déroula ses méandres, ses rugosités, ses mollesses et ses diaprures, avec une lenteur sacrée; et, lorsqu'elle eut bien promené les *qui* et les *que*, et les parenthèses, et les fautes de grammaire, et les virgules et les points et virgules, elle se souleva pour l'image finale, comme un roi-serpent, lourd de loisir, quand il s'est fait à loisir couler dans tous les sens, quoique toujours selon une pensée unique, lève au-dessus des pierres et darde sa tête brillante.

Il écrivit neuf jours de suite, à raison de douze heures de travail par jour. Il trempait sa plume en lui-même, et il écrivait avec du sang, de la boue, du sperme et du feu. Il la vidait, Solange, comme un plat qu'on sauce, comme un lac embourbé qu'on récure complètement. Il la pompait et la dégorgeait dans son roman. Elle était loin et elle se croyait à l'abri. Mais de loin il lui soutirait ses fluides et la dépersonnalisait, par son art, comme elle lui avait soutiré ses fluides et l'avait dépersonnalisé, par la puissance d'ennui qui émanait d'elle. Et il la dépersonnalisait doublement parce qu'il dispersait ses traits dans plusieurs des personnages de son livre; elle cessait d'être un individu, elle cessait d'*être*. « Ah! tu as voulu boire mon âme! »

Et le soir du neuvième jour il reçut, en hommage d'auteur, un petit livre qui venait de paraître, d'un confrère qu'il admirait et détestait. Il l'aurait admiré et aimé si ce confrère avait vécu il y a quatre-vingts ans, mais il le détestait parce qu'il était vivant et encombrant. Et il lut :

IBLIS

Jésus, se trouvant dans une ville, à l'heure où la chaleur est la plus forte, et la ville étant déserte, entendit un bruit de flûtes qui était affreux dans cette lumière. Il demanda ce que c'était. Une pierre lui répondit : « C'est Iblis qui pleure sur lui-même. »

Or, Jésus, à quelque temps de là, rencontra Iblis. Il lui dit : « Prince des Délices, on dit que tu pleures. Est-ce vrai? » Iblis répondit : « Les hommes se font une bizarre idée de ce qu'ils appellent le don des larmes. Les démons pleurent, eux aussi. Et qu'est-ce que cela prouve? Et moi aussi je pleure, quelquefois. » Jésus dit : « Sur quoi est-ce que tu pleures? » Iblis dit : « Je pleure sur l'ingratitude des hommes, à qui je révèle le mal et qui ne m'en aiment pas davantage. Je sais maintenant que les hommes n'aiment pas le bonheur. » Jésus dit : « Ne pleures-tu que sur cela? » Iblis dit : « Je pleure parce que moi, le démon, je suis bien forcé de croire en Dieu, et j'en souffre. » « Moi aussi, je suis forcé de croire en toi, dit Jésus. Mais ne pleures-tu que sur cela? » Iblis dit : « Je pleure encore sur moi-même. »

Iblis dit : « J'ai volé au-dessus des guerres, et j'excitais les combattants, car mon mépris pour eux était immense. J'ai pénétré de mes caresses des chairs si tendres qu'elles s'en déchiraient. Je me suis accroupi contre les bêtes chaudes, et je les ai tuées en les épousant. Quand je me retire dans mes antres, aux creux du désert embaumé, je n'ai de commerce avec nul être que les objets de ma fornication. Je n'ai besoin que d'eux. Eux seuls passent mon seuil; eux seuls le connaissent; je n'hésite jamais quand on frappe. Ils ne m'aiment pas, ni je ne les aime. Nous nous mêlons en silence comme des ombres. Voilà tout ce que je fais, et je n'en ai pas de plaisir. »

« Quel imbécile! explosa Costals. Il " a commerce " et il n'en ressent pas de plaisir! Un diable neurasthénique! Par tout ce que nous connaissons de Dieu, par les paroles, les sentiments, les actes que lui ont prêtés toutes les religions, dans les siècles des siècles, nous savons que Dieu est bête. Le démon étant son antithèse, on pouvait donc le croire intelligent; et d'ailleurs il en multiplie les preuves. Si lui aussi il est bête, à qui se fier! » Il continua sa lecture.

Iblis dit : « Il y a aussi des choses de moi qui ne sont connues que de moi-même. Souvent j'aide un enfant chemineur à porter la charge qui l'accable. J'avertis une fille, à l'oreille, que son enjôleur la berne. Quand un homme qui dort est menacé par son ennemi, j'aboie et il s'éveille à temps. Je me couche auprès d'un vieillard qui grelotte et je le chauffe sous mes grandes ailes. J'aime les hommes, chose étrange. Et j'aime mes damnés aux têtes rondes, progressant l'un sur l'autre comme des vers, avec leurs battements de cœur précipités... »

Costals s'arrêta de lire, et les battements de son propre cœur se précipitèrent, au contact électrique de cette phrase. Avec ces têtes rondes il se sentait de connivence, comme avec les enfants et les animaux.

Jésus lui dit : « Tu es plein des Cieux, et c'est bien pourquoi tu es le Tentateur. Mais peut-on te croire? » Iblis dit : « Pourquoi ne me croirait-on pas? » Jésus lui dit : « Ne sais-tu pas que c'est la punition des démons, qu'on ne veuille pas les croire? J'ai pensé que tu parlais par orgueil. » *Iblis dit :* « *Je n'ai pas d'orgueil.* » *Mais Jésus pensait à part soi :* « *Ne lui rendons pas ce qui lui est dû, car cela lui donnerait de l'orgueil.* »

Jésus, s'étant retiré, se mit à pleurer. Il revint vers Iblis et lui dit : « *J'ai pleuré, parce qu'enfin je t'ai cru. O Lucifer, toi qui fus créé comme une fête, et si beau dans le ciel, fais une prière à mon Père, qu'il te rappelle dans ces prairies de la grâce où tu resplendissais jadis.* » *Mais Iblis dit :* « *Cela ne se peut.* » *Jésus dit :* « *Pourquoi? Tu as dit que tu faisais le mal, et que tu n'en avais pas de plaisir. Tu as dit ensuite que tu faisais le bien.* » *Iblis dit :* « *Quand je fais le bien, je n'en ai pas non plus de plaisir.* » *Alors Jésus l'abandonna.*

Les bêtes sortirent des bois et se rapprochèrent d'Iblis, pour le regarder souffrir. Quand ce fut l'heure où les hommes quittent leurs maisons, parce que la chaleur tombe, celles des bêtes qui prient pour les démons (elles sont pareilles à des fleurs sans tiges) dirent à Iblis : « *Va-t'en, car les hommes vont te voir, et ils te lapideraient.* » *Iblis s'en fut donc vers les villes, et il y faisait le bien et le mal.*

Costals ferma le livre, posa les doigts sur ses paupières, et se remit à écrire.

Et il écrivit douze jours, à raison de dix heures de travail par jour, plein de la grossièreté et de la naïveté créatrices, et plein de l'amusement créateur. Et ce qu'il écrivait était bon.

Et il écrivit ensuite quatre jours, à raison de quatorze heures de travail par jour. Et ensuite il prit du repos : il chassa la femme durant trois jours, et il eut deux aventures.

Et ensuite il écrivit encore quinze jours, à raison de douze heures de travail par jour. Et ensuite il prit du repos : il chassa durant deux jours, et il n'eut pas d'aventure.

Et ensuite il écrivit encore quatorze jours, à raison de douze à treize heures de travail par jour. Et ensuite il prit du repos : il chassa durant trois jours, et il n'eut pas d'aventure.

Et ensuite il écrivit encore six jours, à raison de neuf à dix heures de travail par jour. Et le soir du sixième jour, il souffla, comme un bœuf. Et, regardant ce qu'il avait fait, il rigola, et il dit : « J'en ai jeté un sacré coup! » C'était sa propre substance qu'il avait répandue, et cependant elle restait intacte en lui : dans le travail comme dans le plaisir, il était toujours plein de ce dont il s'était vidé.

Et ensuite il écrivit encore onze jours, à raison de quatorze heures de travail par jour. Et le matin du douzième jour, qui était le soixante et onzième jour de sa création, il en eut assez, et revint à Paris.

ŒUVRES DE HENRY DE MONTHERLANT

nrf

LA JEUNESSE D'ALBAN DE BRICOULE

I. LES BESTIAIRES, roman, 1926.
II. LES GARÇONS, roman, 1969.
III. LE SONGE, roman, 1922.

LES VOYAGEURS TRAQUÉS

AUX FONTAINES DU DÉSIR, 1927.
LA PETITE INFANTE DE CASTILLE, 1929.
UN VOYAGEUR SOLITAIRE EST UN DIABLE (1925-1929), 1961.

LES JEUNES FILLES

I. LES JEUNES FILLES, roman, 1936.
II. PITIÉ POUR LES FEMMES, roman, 1936.
III. LE DÉMON DU BIEN, roman, 1937.
IV. LES LÉPREUSES, roman, 1939.

LA RELÈVE DU MATIN, 1920.
LES OLYMPIQUES, 1924.
MORS ET VITA, 1932.
ENCORE UN INSTANT DE BONHEUR, poèmes, 1934.
LES CÉLIBATAIRES, roman, 1934.
SERVICE INUTILE, 1935.
L'ÉQUINOXE DE SEPTEMBRE, 1938.
LE SOLSTICE DE JUIN, 1941.
TEXTES SOUS UNE OCCUPATION (1940-1944), 1953.
CARNETS (1930-1944), 1957.
LE CHAOS ET LA NUIT, roman, 1963.
VA JOUER AVEC CETTE POUSSIÈRE (CARNETS 1958-1964), 1966.
LA ROSE DE SABLE, roman (1932), 1968.
LE TREIZIÈME CÉSAR, 1970.
UN ASSASSIN EST MON MAÎTRE, roman, 1971.
LA TRAGÉDIE SANS MASQUE. Notes de théâtre, 1972.
LA MARÉE DU SOIR (CARNETS 1968-1971), 1972.

Théâtre

L'EXIL (1914), 1929.
LA REINE MORTE, 1942.
FILS DE PERSONNE. — UN INCOMPRIS, 1943.
MALATESTA, 1946.
LE MAÎTRE DE SANTIAGO, 1947.
DEMAIN IL FERA JOUR. — PASIPHAÉ (1936), 1949.
CELLES QU'ON PREND DANS SES BRAS, 1950.
PORT-ROYAL, 1954.
BROCÉLIANDE, 1956.
LA MORT QUI FAIT LE TROTTOIR (Don Juan), 1958.
LE CARDINAL D'ESPAGNE, 1960.
LA GUERRE CIVILE, 1965.
LA VILLE DONT LE PRINCE EST UN ENFAN
texte de 1967.

THÉATRE CHOISI. *Classiques illustré*
Hachette, 1953.
THÉATRE. *Bibliothèque de la Pléia*
ROMANS ET ŒUVRES DE FICT
Bibliothèque de la Pléiade,
ESSAIS. *Bibliothèque de la P*

ŒUVRES DE HENRY DE MONTHERLANT

nrf

LA JEUNESSE D'ALBAN DE BRICOULE

I. LES BESTIAIRES, roman, 1926.
II. LES GARÇONS, roman, 1969.
III. LE SONGE, roman, 1922.

LES VOYAGEURS TRAQUÉS

AUX FONTAINES DU DÉSIR, 1927.
LA PETITE INFANTE DE CASTILLE, 1929.
UN VOYAGEUR SOLITAIRE EST UN DIABLE (1925-1929), 1961.

LES JEUNES FILLES

I. LES JEUNES FILLES, roman, 1936.
II. PITIÉ POUR LES FEMMES, roman, 1936.
III. LE DÉMON DU BIEN, roman, 1937.
IV. LES LÉPREUSES, roman, 1939.

LA RELÈVE DU MATIN, 1920.
LES OLYMPIQUES, 1924.
MORS ET VITA, 1932.
ENCORE UN INSTANT DE BONHEUR, poèmes, 1934.
LES CÉLIBATAIRES, roman, 1934.
SERVICE INUTILE, 1935.
L'ÉQUINOXE DE SEPTEMBRE, 1938.
LE SOLSTICE DE JUIN, 1941.
TEXTES SOUS UNE OCCUPATION (1940-1944), 1953.
CARNETS (1930-1944), 1957.
LE CHAOS ET LA NUIT, roman, 1963.
VA JOUER AVEC CETTE POUSSIÈRE (CARNETS 1958-1964), 1966.
LA ROSE DE SABLE, roman (1932), 1968.
LE TREIZIÈME CÉSAR, 1970.
UN ASSASSIN EST MON MAÎTRE, roman, 1971.
LA TRAGÉDIE SANS MASQUE. Notes de théâtre, 1972.
LA MARÉE DU SOIR (CARNETS 1968-1971), 1972.

Théâtre

L'EXIL (1914), 1929.
LA REINE MORTE, 1942.
FILS DE PERSONNE. — UN INCOMPRIS, 1943.
MALATESTA, 1946.
LE MAÎTRE DE SANTIAGO, 1947.
DEMAIN IL FERA JOUR. — PASIPHAÉ (1936), 1949.
CELLES QU'ON PREND DANS SES BRAS, 1950.
PORT-ROYAL, 1954.
BROCÉLIANDE, 1956.
LA MORT QUI FAIT LE TROTTOIR (Don Juan), 1958.
LE CARDINAL D'ESPAGNE, 1960.
LA GUERRE CIVILE, 1965.
LA VILLE DONT LE PRINCE EST UN ENFANT (1951), texte de 1967.

THÉATRE CHOISI. *Classiques illustrés Vaubourdolle.* Hachette, 1953.
THÉATRE. *Bibliothèque de la Pléiade,* 1954.
ROMANS ET ŒUVRES DE FICTION NON THÉATRALES. *Bibliothèque de la Pléiade,* 1959.
ESSAIS. *Bibliothèque de la Pléiade,* 1963.

Cet ouvrage
a été composé
et achevé d'imprimer
par l'Imprimerie Floch à Mayenne
le 22 février 1982.
Dépôt légal : février 1982.
1er dépôt légal dans la collection : septembre 1972.
Imprimé en France.
(19744)

30208